Lisa Freude

Glow
LIKE DECEMBER

Lisa Freude
Autorin

Impressum

Lisa Freude, c/o IP-Management #22200
Ludwig-Erhard-Str. 18, 20459 Hamburg
(Keine Adresse für private Post!)

bibliographische Information der Deutschen Nationalbibliothek: Die DNB verzeichnet diese Publikation in der deutschen Nationalbibliographie.

Coverdesign: Lisa Freude
Lektorat: Michael Schober

Kontaktinformationen

Mail: lisa@lisafreude.de
Instagram: @autorinlisafreude
Website: https://www.lisafreude.de/

Spürst du es,
wenn Kerzenschein deine Haut wärmt?

Siehst du es,
wenn in fremden Augen ein Leuchten erwacht?

Lächelst du,
wenn eine Schneeflocke auf deiner Wange landet?

Dann ist diese Geschichte für dich.

Kapitel 1

... in dem ich meine Liebe zu Einhornlichterketten durchsetze.

Mit einundzwanzig Jahren war ich alt genug, um mich von meiner wissenschaftsbesessenen Familie zu distanzieren. Eigentlich war ich auch alt genug, um kitschig blinkende Einhornlichterketten nicht mehr süß zu finden. Aber man konnte nicht alles haben.

»Doch, ich habe es getan«, entgegnete ich dem filmreif entsetzten Blick meiner Mutter und winkte ihr mit dem Mietvertrag unter der Nase herum. Sie schnappte das Papier aus der Luft und blätterte in Windeseile durch die Seiten, als handelte es sich um einen Notfallplan nach einer Naturkatastrophe.

Mir war klar, dass sie den Vertrag auf rechtliche Grauzonen durchforstete. Mama war zwar keine Anwältin, sondern Professorin für angewandte Astronomie an der Universität Münster – aber zumindest was das Schnelllesen anging, würde ihr sobald niemand das Wasser reichen.

»Mama. Ich bin nicht aus der Welt. Ich brauche nur endlich meine eigenen Räume.« Das war nur die halbe Wahrheit, aber die Sache mit meinem Studium hob ich mir sicherheitshalber für später auf.

»Glaub nicht, ich wüsste nicht, was du vorhast.« Mama schob ihre Brille von der Nasenspitze wieder herauf. Ihr Blick huschte unverwandt über die Zeilen des Mietvertrags. Ich konnte nur hoffen, dass Frau Lohmann im Verträgeschreiben besser war als im Ordnunghalten. Der Lohmann-Hof hatte bei meinem bisher einzigen Besuch auf mich gewirkt wie ein buntes Sammelsurium landwirtschaftlicher Geräte, frei wuchernder Pflanzen und einiger Gegenstände, die entweder sehr alt und vergessen worden waren – oder aber als Deko durchgehen sollten. So sicher war ich mir da nicht gewesen und hatte mich trotzdem direkt wohlgefühlt.

»Du hast dich auf diese fixe Idee eingeschossen, unbedingt anders sein zu wollen als wir.« Ich zuckte unter ihrem ätzenden Tonfall zusammen. »Deshalb brauchst du plötzlich eine eigene Wohnung wie so eine dahergelaufene, possierliche Jura-Studentin.«

Mama hielt Jura für überflüssig, vermutlich weil sie selbst die gängigen Gesetzestexte auswendig kannte. Umso besorgter verfolgte ich, wie sie den Mietvertrag ein zweites Mal durchforstete, um irgendetwas Zweifelhaftes aufzuspüren. Aber Mama war noch nicht fertig mit ihrer Schimpftirade.

»Und diese Meckerei über dein Studium – überleg doch mal, was für ein Privileg es ist, da hineingekommen zu sein! Physik zu studieren – das würden die meisten Leute deines Alters niemals schaffen. Und jetzt ist es dir auf einmal nicht mehr gut genug? Das ist absolut lächerlich. Und dann dieses Fabelwesen-Glitzer-Gebimsel ...«

Da waren wir bei der Einhornlichterkette angekommen. Gut – mir war von Anfang an klar gewesen, dass Mama sie hassen würde. In unserem Haus wurde nicht dekoriert, nicht einmal zu Weihnachten. Meine Eltern glaubten an den *Zauber der rational erklärbaren Fakten*, wie sie es in spöttischem Tonfall bezeichneten. Anders gesagt: Wer brauchte schon leuchtende Dekolichter im Haus, wenn er sie in der Theorie erklären konnte?

Ich hätte gern etwas weihnachtlichen Lichterzauber in mein Zuhause gebracht, ich brauchte diese Magie, die die Weihnachtsmärkte aus der Dunkelheit hervorhob. Von meinem Umzug auf den Hof der Lohmanns versprach ich mir also letztlich die Hoffnung, meine Einhornlichterkette aufhängen zu können, ohne dass mich jemand als Familienschande bezeichnete.

»Hier steht, das Mietverhältnis beginne am ersten Dezember, Marie.«

Ich erkannte daran, wie sie meinen Namen aussprach, dass spätestens jetzt die Kacke am Dampfen war.

»Das ist *morgen*.«

Ich kratzte mit meinen kurzen Fingernägeln über meine Handinnenflächen und nickte, ohne sie anzusehen.

Mama ließ sich tatsächlich den gesamten Samstag über nicht in meiner Nähe blicken.

Onkel Georg war der Einzige in der Familie mit der Fähigkeit, einen PKW mit Anhänger zu fahren. Meine Eltern als renommierte Wissenschaftler mochten so etwas als unter ihrer Würde betrachten. Andererseits hätte ich sie auch unter anderen Umständen niemals gebeten, mir beim Umzug zu helfen. Ich war mir ziemlich sicher, dass sie zu zweit nicht in der Lage wären, ein Billy-Regal zusammenzubauen, selbst mit der richtigen Motivation nicht. Umso glücklicher schätzte ich mich, dass mein Onkel mir half.

»Na, Curie? Da hast du deine Eltern aber mal so richtig schockiert, was?«

Auf Onkel Georgs Gesicht gruben sich schadenfrohe Falten in seine Wangen. *Er* wirkte jedenfalls nicht sonderlich schockiert, sondern saß in seinem schlabberigen Pulli und der verblichenen Jeans entspannt am Steuer des alten Ford. Das war eines der Dinge, die ich besonders an meinem Onkel mochte: Er liebte es, wenn ich meine Eltern in ein Dilemma stürzte.

Mama behauptete oft, Georg sei nicht intelligent genug, um ihre geringschätzende Meinung über ihn zu bemerken, aber da war ich anderer Ansicht. Für mich war Georg im Gegensatz zu meinen Eltern klug genug, sich seine Abscheu nicht anmerken zu lassen.

»Nenn mich nicht Curie!«

Dass meine Eltern mir den Namen Marie gaben, hatte nichts damit zu tun, dass sie gläubig wären. Im Gegenteil.

Andernfalls hätte ich dann vielleicht meine Weihnachtsbeleuchtung durchsetzen können ... Bestimmt wäre das als religiöse Namensfeier durchgegangen? Vermutlich nicht. Denn selbst meine Eltern hätten mir niemals abgekauft, dass ich plötzlich an Gott glaubte.

Ich hatte meinen Namen in Gedenken an die Wissenschaftlerin und Nobelpreisträgerin Marie Curie bekommen. Während mich weder die religiöse noch die wissenschaftliche Erklärung glücklich machte, nutzte Georg diese Geschichte gern, um sowohl mich als auch meine Eltern zu provozieren, indem er mich mit *Curie* ansprach.

»Ich habe letztens gelesen, dass Marie Curie bei ihrer Geburt den zweiten Vornamen Salomea bekommen hat. Vielleicht sollten wir froh sein, dass deine Eltern es nicht so weit haben kommen lassen.«

Ich schnaubte nur. »Dafür hättest du sie erstmal davon überzeugen müssen, dass du lesen kannst.«

Georg lachte schnaufend und stupste mich gegen die Schulter.

Hinter dem Seitenfenster zogen die letzten Hochhäuser Münsters vor dem dunkelgrauen Himmel vorbei. An den Laternen hingen bereits die Sterne aus Tannenzweigen in ordentlichen Reihen, die ab dem Nachmittag die ganze Stadt in ihr warmes Licht tauchten.

Mama hasste diese Jahreszeit ebenso sehr, wie ich sie liebte. Für die zauberhafte Straßenbeleuchtung hatte sie nur einen (oder mehrere) genervten Seufzer über, jedes Jahr aufs Neue. Ich dagegen ärgerte mich ein wenig, ausgerechnet jetzt die Großstadt zu verlassen, da wieder alles in weihnachtlichen Glanz getaucht wurde.

Aber für meine Freiheit (und für die Einhornlichterkette) war ich bereit, dieses Opfer einzugehen. Immerhin würde ich mir Mamas genervte Seufzer nicht anhören müssen. Außerdem ertrug ich die schlichte, unfeierliche Atmosphäre zu Hause kein weiteres Jahr, wo sich meine Eltern strikt weigerten, Weihnachten in welcher Form auch immer zu feiern. *Die harten Fakten lassen sich jeden Tag zelebrieren, Marie. Außerdem bist du doch selbst nicht gläubig.* Das war so ziemlich die Antwort auf jede meiner zweihundert Fragen und Bitten nach einem gemütlichen Weihnachtsfest bei uns zu Hause.

»Was für ein Hof ist das, wo du deine neue Wohnung gefunden hast?«, fragte Georg gutgelaunt, als hätte er mir die trübe Stimmung am Gesicht abgelesen.

»Ein Hof mitten im Nirgendwo«, antwortete ich mit müdem Lächeln und er zog die Augenbrauen hoch, während er auf die B54 bog und beschleunigte, um einen LKW zu überholen. Der ganze Wagen klapperte und bebte unter meinem Hintern, als würde ihm diese Geschwindigkeit Qualen bereiten.

»Aber dafür ist die Wohnung günstig und das war erstmal meine wichtigste Priorität. Gemüsebau machen sie, und Getreide, hat mir Frau Lohmann erklärt. Sie haben auch einen Stand auf dem Wochenmarkt.«

Georg warf einen Blick auf das Navi und nickte mit verzogenen Mundwinkeln.

»Ganz schon weit außerhalb.«

»Versuch mal, eine bezahlbare Wohnung in Münster zu finden«, hielt ich dagegen und Georg nickte.

»Und wie willst du von dort zur Uni kommen?«

Ich schluckte.

Mama anzulügen war nicht halb so schlimm, weil da immer die Ausrede zählte, ihren Kreislauf vor dem Kollaps schützen oder meinen eigenen Kopf auf dem Hals behalten zu wollen. Aber Georg würde nicht ausflippen oder mir den Kopf abreißen, wenn er die Wahrheit erführe. Es fühlte sich falsch an, sie ihm zu verschweigen.

»Ich …«

»Verfluchter Bastard!«, maulte Onkel Georg und hieb mit der Faust auf die Hupe ein, als uns ein auf Hochglanz polierter beigefarbener SUV knapp überholte und dabei fast auf der Motorhaube des alten Ford landete.

»Dämliches Schickimicki-Volk. Hauptsache der Wagen sieht hübsch aus, wer muss da schon noch Auto fahren können?«

Er fluchte eine ganze Weile weiter vor sich hin und rettete mich davor, ihm die Wahrheit über mein Studium erzählen zu müssen. Ich hielt den Mund, beruhigte mein Gewissen damit, dass der Moment für das Geständnis schon kommen würde. Erstmal musste ich selbst begreifen, auf wie vielen Ebenen ich mein Leben über den Haufen geworfen hatte, um eine Einhornlichterkette aufhängen zu dürfen.

Grob gesagt.

Kapitel 2

Ach du Scheiße trifft es ziemlich genau.

Aus meinem Fenster heraus konnte ich dieselben zwei Tauben wie am Vortag beobachten. In perfekt gegensätzlichem Rhythmus ruckten sie mit den Köpfen und warfen sich dabei herausfordernde Blicke zu. Ob sie sich jeden Morgen dort zum Dancebattle trafen?

Heute war Sonntag und morgen mein erster Arbeitstag im Café *Zuckerpöttchen* in der Münsteraner Arkaden-Galerie. Noch vor ein paar Jahren wäre es aussichtslos gewesen, einen Kellerinnenjob im engsten Kreis der betuchten Innenstadt zu ergattern – umso erstaunter war ich, dass Sonja mir den Zuschlag gegeben hatte. Mir, dem unscheinbaren, schüchternen Ding, ohne nennenswerten Haarschnitt und in den unmodischsten Klamotten der Stadt (oder des Planeten?) hätte ich jedenfalls keinen Kundenkontakt erlaubt.

Aber vielleicht litten selbst die High-Society-Lokale noch unter den Nachwirkungen der Corona-Pandemie und fanden keine Nachwuchskellner, überlegte ich. Oder Sonja war ein guter Mensch, der meine Verzweiflung gerochen hatte.

Ich beschloss, den letzten Tag vor dem Untergang von Sonjas Café einigermaßen sinnvoll zu beginnen und meine Lichterkette in die fast leere Wohnung zu hängen. Dieses wundervoll leuchtende Stück Wohlfühloase. *Hach.*

Wieder vertrieb ich Mama aus meinen Gedanken, die mit einem roten Stoppschild in den Armen skandierte: *Licht ist nichts anderes als sich wellenförmig ausbreitende Photonen! Hör auf, die Fakten zu romantisieren, und wirf endlich dieses schandhafte Ding weg.* Mama, die Bremse aller romantisch-verspielten Kreativität.

Als ich Frau Lohmann um Hammer und Nägel bat, zog sie für einen Moment die Augenbrauen hoch.

»Ich darf doch etwas aufhängen, oder?«, fragte ich verschreckt, in der plötzlichen Angst, meinen wichtigsten Auszugsgrund in der Versenkung verschwinden zu sehen. Sie lehnte sich an den Rahmen ihrer Haustür, die nur wenige Meter von meiner Wohnungstür entfernt lag, und wischte ihre Hände an den Arbeitsklamotten ab, die sie tagsüber scheinbar immer trug. Vielleicht war ich doch nicht die unmodischste Person dieser Welt. Spielte aber auch keine Rolle.

»Natürlich, Liebes. Aber ... hast du schon mal einen Hammer benutzt? Nichts für ungut, es ist nur ...« Sie sprach den Rest des Satzes nicht aus, warf aber einen bedeutungsschweren Blick auf meine Hände, die eindeutig herausschrien, dass körperliche Arbeit ihnen ein Fremdwort war.

Hinterweltlerisches Patriarchat, würde meine Mutter jetzt sagen, schoss es mir durch den Kopf. *Ist Emanzipation Ihnen etwa ein Fremdwort?*

Andererseits wäre Mama die Erste, die sich mit einem Hammer aus Versehen den Schädel einschlug, noch bevor sie einen Nagel gefunden hätte.

»Ich möchte meine Lichterkette unter die Decke hängen, für ... die Weihnachtsstimmung.« Ich spürte, wie sich ein dümmliches Grinsen auf meinem Gesicht ausbreitete.

»Natürlich, Liebes«, erwiderte Frau Lohmann, plötzlich breit lächelnd und strich eine graue Locke zurück, die sich aus ihrem Dutt gelöst hatte. Ihr Blick huschte zu ihrem eigenen Lichterkettenparadies, das sich hinter mir über die gesamte Hofeinfahrt erstreckte. Ich atmete erleichtert auf, in dem sicheren Wissen, dass ich eine Verbündete in Sachen Weihnachtsschmuck gefunden hatte.

»Unter die Decke sagst du? Die ist in deiner Wohnung fast vier Meter hoch. Ohne Leiter kommst du da doch gar nicht ran.« Sie musterte meine kurzgeratene Statur und die bunten Latschen an meinen Füßen mit prüfendem Blick.

»Bist du sicher, dass du das selbst machen möchtest? Vielleicht wartest du damit noch zwei Tage. Unser Sohn Aron kommt am Dienstag vorbei, er kann das für dich erledigen.« Ich vertrieb Mama noch einmal aus meinen Gedanken, bevor sie ihrer Empörung über diese offensichtliche Antiemanzipation Luft machen konnte. »In Ordnung, gern. Wenn es Ihrem Sohn nichts ausmacht, meine ich.«

Verlegene Hitze lief über meine Wangen, doch Frau Lohmann nickte nur vergnügt, stieg in ihre Gummistiefel und marschierte gekonnt über den mit Unkraut überwucherten Weg Richtung Gemüsegarten.

Ich verbrachte den Rest des Sonntags damit, meine Möbel zurechtzurücken. Onkel Georg hatte sich gestern freundlicherweise erbarmt, sie mit mir und meiner besten Freundin Elena zusammen aufzubauen, nachdem wir sie zu dritt vom Anhänger ins Haus getragen hatten. Im Nachhinein musste ich mir eingestehen, dass es eventuell etwas zu ehrgeizig war, die komplette Wohnung mit Elena allein herrichten zu wollen.

Gleich bei der Besichtigung hatte ich mich in die gemütliche Einzimmerwohnung verliebt. Durch die Eingangstür gelangte man direkt in die kleine, sonnengelb gestrichene Küche. Die beiden Türen führten rechts in ein neues, modernes Badezimmer und links in das große Schlafzimmer, wo meine Matratze zum Schlafen und gleichzeitig als Couch diente. Das Bettgestell stand noch in Einzelteilen in der Ecke.

Auf der anderen Seite des Zimmers gab es sogar etwas Platz für eine Sitzecke. Da ich aber gerade kein Geld übrig gehabt hatte, um Möbel zu kaufen, hatte ich dort erst einmal alle siebzehn Kartons gestapelt, die noch nicht ausgepackt waren. An der gegenüberliegenden Seite standen mein Kleiderschrank und der alte Schreibtisch, den ich eher alibimäßig mitgenommen hatte, damit Mama mir nicht direkt auf die Schliche kam.

Als gegen halb fünf die Dämmerung einbrach, läutete es an meiner Wohnungstür. Ich zuckte bei dem ungewohnten Geräusch zusammen und – ganz ehrlich: Wer würde bei dem erschreckend echten Eulenschrei nicht zusammenzucken, den diese Klingel von sich gab?

»Elena. Du rettest mich«, stöhnte ich und vergrub mein Gesicht in ihrer dunklen Lockenmähne.

»Sorry, Mariechen. Ich musste unbedingt noch diese Sache zu analytischer Mechanik pauken, bevor mir der Dozent morgen die Hosen vom Leib reißt. Also im übertragenen Sinne natürlich. Du weißt schon, im Sinne von Bloßstellen ... Ach, vergiss es, nicht so wichtig.«

Sie holte tief Luft und warf den Kopf in den Nacken, dass ihre Locken hüpften.

»Ich liebe deine Wohnung jetzt schon«, sang sie in einer kuriosen Melodie, wie es nur Elena konnte, und die das eine oder andere Weingelage ankündigte. Mein leises Unwohlsein über Elenas Studiumandeutung verschwand, als sie mit ausgebreiteten Armen durch meine Küche tanzte.

»Du hast so viel Platz! Ehrlich, außer meinen Eltern kenne ich niemanden, der sich so breitmachen kann wie du.« Ich kicherte wegen der leichten Übertreibung. Fünfunddreißig Quadratmeter waren nun wirklich kein Palast.

»Und niemanden, der so weit ab vom Schuss wohnt«, erinnerte ich sie mit einem Schulterzucken. Genau das war der Grund, warum ich mir diese Wohnung überhaupt leisten konnte.

»Du wolltest doch mehr Sport machen, oder wie war das? Jetzt kannst du mit deinem Fahrrad jeden Tag bis nach Münster ins Institut düsen. Wenn das nicht als Leistungssport zählt, dann weiß ich es auch nicht.«

Ich antwortete mit einem weiteren Stöhnen und ließ mich auf meine Matratze fallen.

»Ich hab's geschmissen«, murmelte ich leise und Elenas Arme plumpsten an ihre Seiten zurück, als sie mitten im Tanz innehielt. Mein Magen zog sich schmerzhaft zusammen.

»Was?«

»Ich habe mein Physikstudium abgebrochen. Meine Exmatrikulation ist beantragt, ich warte nur noch auf den Bescheid.«

Elena ließ sich neben mir auf die Matratze fallen.

»Wie haben deine Eltern reagiert?«, fragte sie mit unguter Vorahnung in der Stimme. Zwar hatte sie Mama und Papa erst einmal kurz kennengelernt, aber offenbar hatte das ausgereicht, um ihr vorrangiges Statussymbol wahrzunehmen: ihre Tochter, die Vorzeigephysikstudentin.

Ich zuckte vage mit den Schultern und strich mir das honigblonde Haar hinter die Ohren zurück. Ein paar Minuten lang suchte ich nach den richtigen Worten, um zu erklären, was ich getan hatte. Dann berührte Elena meinen Arm und ehrlich, es wirkte wie ein Katalysator, denn endlich brachte ich heraus, was ich sagen wollte.

»Sie wissen es noch nicht.«

Bei diesem Geständnis fiel Elena die Kinnlade herunter und ich wusste, dies war nur die Minimalversion dessen, was mich erwarten würde, sollten Mama und Papa jemals davon erfahren.

»Ach du Scheiße, das ist dein Ernst«, murmelte Elena und schlug die Hand vor den Mund. Jap, *ach du Scheiße* traf es ziemlich genau.

Ich nickte nur, umfasste meine Knie mit den Armen und ließ mich nach links gegen Elena kippen. In dem Augenblick überfiel mich die Wucht meines Vorhabens mit voller Breitseite. Tränen rollten über meine Wangen, als würde eine bislang unerkannte Version der Schwerkraft sie aus meinen Augen ziehen.

Ja, ich wollte weg aus meinem restriktiven Elternhaus. Lange schon, monatelang, jahrelang.

Aber es wirklich zu tun, die Kluft aufzubauen und die wichtigsten Brücken zwischen uns eigenhändig einzureißen ... Ich hatte mein Elternhaus aus dem Nichts verlassen, nur einen Tag vorher hatte ich Mama und Papa von meinem Umzug erzählt. Ich hatte mein Studium abgebrochen, um mich aus dieser erlauchten Welt der kalten Fakten zu befreien, und hatte es *niemandem* gesagt. Nicht meinen Eltern, nicht Onkel Georg, nicht einmal Elena.

Aus Angst, dass sie mich zur Umkehr bewegten? Oder aus Scham, wie sie über mich urteilen würden?

Als ich es aussprach, brach dieses ganze Konstrukt über mir zusammen. Und so weinte ich meine Tränen in

Elenas Kapuzenpulli und ließ mir von ihr das Haar streicheln.

»Ich hätte es dir eher sagen sollen«, murmelte ich irgendwann in den pinkfarbenen Stoff.

»Ja, hättest du. Vielleicht hätte ich nachgezogen, dann wären wir beide zusammen obercoole Physikabbrecher gewesen.«

Ein sabberiges, halb ersticktes Lachen kam über meine verheulten Lippen und ich rappelte mich hoch, um mir in meinem neuen Badezimmer das Gesicht zu waschen.

»Tut mir leid, ich habe dich vollgeheult«, murmelte ich, als ich zurückkam. Elena blickte an sich herab und rief in gespieltem Entsetzen: »Verdammt, Mariechen, ich sehe aus wie meine Schwester, wenn ihr die Milch ausläuft.«

Wir schafften an diesem Abend nicht mehr viel in der Wohnung. Aber bevor Elena nach Hause fuhr, räumten wir immerhin die Küchenschränke ein, fanden eine Steckdose für die Kaffeemaschine und durften von Herrn Lohmann ein paar Kaffeefilter schnorren, die mir am nächsten Morgen etwas Wohlbefinden in meine neue Küche zaubern würden.

Kapitel 3

... von schönem Schein und Arschlochsein

Es war acht Uhr früh, und bis vor wenigen Tagen hätte ich mich jetzt für die Uni startklar gemacht. Heute blieb ich auf dem Klappstuhl hocken und schlürfte mit angezogenen Beinen meinen gezuckerten Kaffee aus der alten »Alles ist relativ«-Tasse, die ich von meinen Eltern zum Studienanfang bekommen hatte.

Er schmeckte trotzdem.

Ich ließ mir Zeit, um das flatternde Ding in meiner Brust zu beruhigen.

Um kurz nach neun schwang ich mich voll motiviert auf mein altes Hollandrad. Ich würde das schon hinbekommen, sagte ich mir immer wieder. Dass ich bis in die Innenstadt fast vierzig Minuten – und etwa drei Liter Schweiß – brauchen würde, war mir zuvor allerdings nicht klar gewesen.

Großartig, schimpfte ich innerlich, während ich mich aus der Winterjacke schälte, kaum dass ich die Arkaden, eines der großen Einkaufszentren Münsters, erreicht hatte. Sonja freute sich *bestimmt* über ihre rotwangige neue Mitarbeiterin mit den nassen Halbkreisen unter den Achseln. Perfekte Voraussetzungen für einen ersten Arbeitstag.

Auf dem Weg zur Rolltreppe warf ich mir die Winterjacke über den Arm und fegte dabei fast einen hochgewachsenen Anzugschnösel von den Beinen.

»Sorry«, murmelte ich leise und huschte so schnell ich konnte auf die Rolltreppe, die mich nach oben bringen würde. Sein gemurrtes »Pass auf, wo du deinen Straßendreck hinwirfst. Typisch Studenten« ließ mich zusammenzucken.

Ich bin keine Studentin mehr, wollte ich zurückfauchen, hätte mich aber in einer Million Jahren nicht getraut. Drei Minuten vor zehn erreichte ich das *Zuckerpöttchen*. Sonjas Blick nach zu urteilen, waren drei Minuten vor der Zeit dasselbe wie zehn Minuten zu spät. Vermutlich bereute sie schon, mich überhaupt eingestellt zu haben.

»Morgen komme ich früher. Ich habe den Weg unterschätzt. Entschuldigung«, murmelte ich mit reumütig zusammengepressten Lippen. Sonjas Falten gruben sich etwas tiefer in ihre Stirn. Die dicken Brillenrahmen ließen ihr Gesicht zu streng für eine Cafébesitzerin wirken.

»Na, dann mal los und zieh in Gottes Namen schnell diese Schürze an.«

Sie hielt mir die beigefarbene Schürze mit einem entgeisterten Blick auf meinen Lieblingsschlabberpulli entgegen.

Während ich mich noch fragte, was der Name eines Gottes, an den ich nicht glaubte, mit meinen Klamotten zu tun hätte, deutete Sonja schon auf einen Tisch, an dem ein älteres Ehepaar gerade Platz genommen hatte. Ich schraubte ein Lächeln auf mein Gesicht und machte mich an die Arbeit.

Direkt beim Vorstellungsgespräch hatte ich Sonja darum gebeten, Vollzeit arbeiten zu dürfen. Mit einem sehr ähnlichen Stirnrunzeln wie gerade eben hatte sie zugestimmt. Sie fragte nicht einmal, was mit meinem Studium sei, und ich war dankbar dafür.

Ich war schwer überzeugt, Geld sparen zu müssen. Ab sofort.

Meine Eltern würden mir mit einhundertzehnprozentiger Sicherheit (*ja, ich weiß, dass das unmöglich ist*) das Geld abdrehen, sollten sie jemals erfahren, dass ich mein Physikstudium eigenmächtig in den nassen Tiefen des Münsteraner Aasee versenkt hatte. Mitten im dritten Semester, nachdem ich das erste Jahr mit Bravour gemeistert und eine saumäßig langweilige, aber teure Party auf ihre Kosten gefeiert hatte. Na ja, was heißt *gefeiert* – ich war anwesend.

Abgesehen von mehreren älteren Ehepaaren kamen vor allem Studenten zwischen den Vorlesungen an der Imbisstheke im offenen Bereich des *Zuckerpöttchen* vorbei. In der Zeit zwischen Viertel vor und Viertel nach zwölf wurde dieser Teil des Cafés wortwörtlich überrannt, die Auslage mit den Schnitzelbrötchen geplündert und wir atemlos zurückgelassen.

Ingeborg, die zweite Kellnerin, die für den Job entweder aus der Rente oder aus dem Grab zurückgekehrt war, wischte sich mit einer Serviette den Schweiß von der Stirn.

Ich war heilfroh, kein bekanntes Gesicht entdeckt zu haben. Während dieser halben Stunde unter all den emsigen Studierenden war ich mir reichlich belämmert vorgekommen, wirklich und wahrhaftig mein Studium grundlos und abschlusslos beendet zu haben. Ich schüttelte diesen beinahe nostalgischen Gedanken jedoch schnell ab.

Eigentlich wusste ich doch, dass es für mich der richtige Weg war, dieses Studium abzubrechen, das ich selbst gar nicht mochte. Zumindest folgte ich meinem *eigenen* Weg.

»Um Viertel vor zwei geht der Wahnsinn wieder los«, erklärte Sonja, die gerade aus der Küche stapfte. »Möge der Herr uns verschonen.« Sie bekreuzigte sich und ich verbarg rasch meine skeptische Miene.

Dass hier in zwei Stunden wieder der Run auf die Schnitzelbrötchen losgehen würde, hatte ich mir schon gedacht. Ich hätte es auch nicht anders gemacht. Zwischen den Vorlesungen schnell was zu essen abstauben, wenn sich die Gelegenheit bot.

»Wenn du also eine Pause machen willst«, fuhr Sonja fort, »dann schlage ich vor, du nimmst sie dir jetzt. Und füll die Schnitzelbrötchen nach.«

Offenbar meinte sie mich, denn Ingeborg schüttelte stumm den Kopf, als ich sie fragend anschaute. Dann begann sie, an der Kaffeemaschine zu hantieren, um eines der Rentnerpaare zu bedienen, das den Studentenansturm überlebt hatte.

Verdammt. An die Pause hatte ich gar nicht gedacht. Was sollte ich denn jetzt anstellen?

Ich legte die Schürze ab und ließ den Blick durch die Galerie der Arkaden wandern. Sonja kam wieder aus der Küche geschlendert, als wollte sie kontrollieren, dass ich wirklich Pause machte.

»Auf dem Tisch im Nebenraum liegt noch ein Panini, das falsch bestellt wurde. Kannste dir nehmen, wenn du möchtest.«

Ich gehorchte, denn irgendwie klang alles, was Sonja sagte, nach einem Befehl. Mit dem Tomantenpanini in der Hand schlenderte ich zwischen den strahlenden Schaufenstern der Arkaden entlang. Direkt gegenüber des *Zuckerpöttchen* musste ich stehenbleiben.

Ich hatte das *Jakobi* schon aus dem Café heraus erspäht und konnte den glitzernden Lichtern hinter der Scheibe nicht widerstehen.

Ein Dekogeschäft, aber ganz sicher nicht zu einer der üblichen Ketten gehörend, die alle denselben Ramsch zu günstigen Preisen verhökerten, und wo man neben Deko auch Süßigkeiten und Partyaustattung kaufen konnte (diese Läden liebte ich. Ernsthaft. Ich würde gern mal dort übernachten). Das *Jakobi* war eine andere Liga, eine, die ich mir während der nächsten Jahrzehnte nur von außen würde anschauen können.

Mein Atem beschlug die Scheibe, als ich mir die Auslage näher ansah. In stilvoller Eleganz gruppierten sich goldlackierte Hirschfiguren in verschiedenen Größen um eine Holzstatue. Sie bildete eine Art Tanne, aus einem einzigen Holzblock auf so kunstvolle Weise geschnitzt und golden bestäubt, dass mein Herz für schöne Dinge zu einer gigantischen Pfütze zerschmolz. Dezente Lichterketten mit Stoffummantelung beleuchteten die Szene wie ein Sternenhimmel vor dem dunkelgrauen, halbhohen Hintergrund.

Nirgendwo gab es ein Preisschild. Vermutlich spielte es für diese Art der Kundschaft keine Rolle.

Im Geschäft schwebte eine rothaarige Schönheit durch die Gänge. Sie trug ein elegantes, unaufdringliches Kleid, das sich perfekt in die teure Artikelauswahl einfügte. Sie gestikulierte und lächelte freundlich, während sie ihre Kundin beriet, der man das dicke Portemonnaie an jedem Atom ihres Äußeren ansah.

Rasch trat ich ein paar Schritte zurück. Da drin hatte ich sicher nichts verloren. Ich würde einfach das Ambiente dieses grandiosen Zauberladens von außen auf mich wirken lassen.

Weiter als bis zum *Jakobi* kam ich in dieser Pause nicht, aber es störte mich nicht. Selbst als ich die beigefarbene Schürze wieder umlegte und den Kragen meines Pullovers darunter hervor zupfte, klebte mein Blick an dem dezent leuchtenden Wunderschaufenster gegenüber. Den geschnitzten Baum konnte ich so gerade erkennen, wenn ich die Tische auf der rechten Seite bediente.

Ich überlebte den vierzehn Uhr-Studenten-Ansturm und hatte sogar genug Schnitzelbrötchen vorbereitet. Aber meine Füße taten mittlerweile höllisch weh. Ein leises Ächzen entfuhr mir, als ich die klackenden Schritte eleganter Schuhe hörte, die durch die offene Fläche des *Zuckerpöttchen* auf mich und die geschützter liegenden Tische im geschlossenen Cafébereich zusteuerten.

Ich sah auf, setzte das Lächeln wieder auf, um das nächste Rentnerpaar zu begrüßen ... Doch offensichtlich änderte sich das Klientel des *Zuckerpöttchen* mit den Tageszeiten.

Ich brauchte ungefähr eine halbe Sekunde, um den unverschämten Schnösel wiederzuerkennen, der mich am Morgen als *straßendreckwerfende Studentin* bezeichnet hatte. Er benötigte in etwa genauso lange, um mich zu erkennen, denn seine kräftige dunkle Augenbraue hob sich und die markante Kieferpartie presste sich zusammen, kaum dass unsere Blicke sich trafen.

Grußlos marschierte er an mir vorbei und suchte sich einen freien Tisch an der Wand aus. Ich schloss entsetzt die Augen und fragte mich gerade, wo ich mich verstecken könnte, als ich Ingeborgs gebeugten Rücken durch die Nebentür verschwinden sah. *Ach ja.* Sie machte nur Teilzeit.

Von Sonja keine Spur. Und was hätte ich sagen sollen? *Sonja kannst du diesen schnöseligen Arschloch-Typen bedienen? Er hat mich heute Morgen angeranzt, weil ich meine Jacke gegen ihn geworfen habe, und jetzt traue ich mich nicht mehr in seine Nähe?*

Es gab Grenzen, beschloss ich in Gedanken. Grenzen dessen, wie viele Peinlichkeiten man sich mit einundzwanzig Jahren erlauben durfte. Also straffte ich die Schultern und ging mit angespanntem Magen los, bewaffnet mit den verschiedenen Speise- und Getränkekarten und einer frischen Serviette.

Er war jünger, als ich gedacht hatte, aber sein Profil verriet dieselbe, miserable Laune wie am Morgen. Er tippte auf seinem Smartphone, ohne einen Blick für seine Mitmenschen übrig zu haben, den kräftigen Kiefer verkrampft, die braunen Augen verengt und konzentriert. Selbst sein Haar schien seinem Befehl zu gehorchen und verharrte brav in der modernen Seitenscheitelfrisur mit den kurzgeschorenen Seiten.

Wahrscheinlich würde er mich gar nicht bemerken, wenn ich ihm die Speisekarten nur etwas weiter weg auf den Tisch legte ...

»Danke«, murrte er und streckte die Hand nach den Speisekarten aus, bevor ich ihn überhaupt erreicht hatte. Er sah mich nicht an. Überrumpelt legte ich mein Material in seine große Hand. Erst als er aufsah und mir einen ungeduldigen Blick zuwarf, wurde mir bewusst, dass ich noch immer hier stand und diese – zugegeben: attraktive – Ausgeburt an Herablassung anstarrte.

Ich wandte mich ab und floh hinter den Tresen.

»Ich nehme einen Cappuccino«, rief er mir nach und ich schloss gequält die Augen. Konnte dieser erste Arbeitstag noch beschissener werden?

Ich bediente alle möglichen anderen Kunden, bevor ich einfach keine Ausrede mehr fand, um Mr. Schnösel nicht endlich seinen Cappuccino zu bringen. Ich stellte die

Tasse auf mein Tablett und machte mich auf den Weg durch die zierlichen Tischchen. Er sah mich immer noch nicht an, obwohl ich ganz offensichtlich auf ihn zusteuerte. *Überhebliches Schnösel-Arschloch.*

Ich schwöre, es war keine Absicht, dass ich ausgerechnet in diesem Moment stolperte.

Kapitel 4

... in dem Sonja mir glücklicherweise nicht kündigt.

Es lag wohl an meiner nagenden Wut und dem verzweifelten Wunsch, im Erdboden zu versinken, dass mein Fuß an einem falsch stehenden Stuhlbein hängenblieb. Ich fand mein Gleichgewicht zwar wieder, behielt sogar das Tablett in der Hand, hörte aber ein Klirren ...

Die panische Vermutung kroch durch meine Glieder, dass mein Zorn dem blöden Typen das hübsche Gesicht verbrüht hatte.

So schlimm war es allerdings nicht – es war nicht halb so schlimm, wie es jeder Hollywoodfilm dargestellt hätte. Zitternd vor Schock stand ich vor ihm, die umgekippte Tasse rotierte auf dem überschwemmten Tablett und heiße Flüssigkeit lief meinen Bauch hinab. Und der Schnösel schüttelte mit verkrampftem Gesicht seinen rechten Arm.

Ich hatte nur sein Jackett versaut. Na ja, *nur* ... Dieses Jackett war vermutlich teurer als die gesamte Einrichtung meiner Wohnung.

»Es ... tut mir leid«, stammelte ich und klammerte mich vor Entsetzen weiter an meinem Tablett fest, anstatt irgendetwas Sinnvolles zu tun.

»Wie kann man nur so ungeschickt sein!« Er griff nach den Servietten und rieb damit über seinen Arm. Mir lief unterdessen die warme, klebrige Suppe bis über die Oberschenkel. Die Hitze hatte mein Gesicht fest im Griff und ich fragte mich fieberhaft, wie rot man eigentlich werden konnte, bevor einem der Kopf platzte.

»Ich ... Entschuldigung«, stolperte es über meine Lippen und ich begann – endlich – nach einem Ort zu suchen, wo ich mein Tablett abstellen konnte.

»Deine Entschuldigung hilft mir jetzt auch nicht«, brummte er und drückte die Serviette fest auf den Stoff des Ärmels, um die milchige Flüssigkeit herauszuziehen. Er sah mich nicht an, blickte nur mit wütend zusammengezogenen Augenbrauen auf seinen nassen Ärmel hinab.

Langsam fand ein bisschen Verstand in mein Bewusstsein zurück.

»Wie kann man gleichzeitig so schön gekleidet sein und sich so hässlich verhalten?« *Oh Mann, hatte ich das wirklich gesagt?*

So viel zum Thema Verstand. Meine Worte klangen wie aus einem unveröffentlichten Disneyfilm, den man aus Kitschgründen verboten hatte. Mama wäre bestimmt etwas Besseres eingefallen.

»Wie bitte?« Seine Augen stachen bis in mein Innerstes. Ich hatte den Mund schon offen, ohne zu wissen, was ich zurückfauchen würde, als Sonjas kräftige Hände mich um die Oberarme packten und aus dem Weg schoben.

»Entschuldigen Sie bitte, Herr Jakobi. Marie ist noch neu hier und hat nicht viel Erfahrung im Umgang mit Gästen. Wenn Sie wünschen, übernehmen wir die Reinigung ...«

Jakobi? Hatte sie gerade Jakobi gesagt? Wie dieser zauberhafte Dekoladen meiner Träume gegenüber? Nein, sagte ich mir. Das konnte gar nicht sein. So ein wunderbarer Laden durfte so einem widerwärtigen Typen einfach nicht gehören.

So ein beschissener Tag war bestimmt gesetzlich verboten. In meinem Versteck hinter dem Tresen bekam ich nur halb mit, wie Herr Jakobi Sonja abwimmelte und aus dem Laden stapfte.

»Schon gut. Halb so wild. Es passt zum Rest meines Tages«, sagte er noch, dann war er verschwunden. Scheinbar war ich nicht die Einzige mit einem gesetzlich verbotenen beschissenen Tag.

1. Sonja hat mir nicht gekündigt. 2. ...?

Das war meine Bilanz an positiven Dingen für den ersten Arbeitstag, der doch der wundervolle Start in mein neues Leben hatte werden sollen.

Um achtzehn Uhr durfte ich gehen, nach Sonjas Schimpftirade darüber, dass ich einen gut betuchten Stammkunden vergrault hatte. Trotz der sauberen Schürze, die sie mir gnädigerweise gegeben hatte, waren meine

Klamotten nass. Die Matsche fühlte sich auf der Haut längst nicht mehr wie warmer Cappuccino an, sondern viel eher nach etwas wie Zitronensaft mit Milchklümpchen frisch aus dem Kühlschrank. Im Dauerregen fuhr ich fast eine ganze Stunde bis zu meiner Wohnung auf Lohmanns Hof.

Nach einer heißen Dusche und einer noch heißeren Tiefkühlpizza, mit meinem flauschigen Ganzkörperanzug am Leib und dem Handy am Ohr, fühlte ich mich endlich wieder wie ein menschliches Wesen.

»So schlimm?«, fragte Elena, nachdem sie meine Begrüßung gehört hatte.

»Noch schlimmer.«

»Hast du jemandem Kaffee über den Latz gekippt, oder was?« Ich hörte ihr Kichern, das langsam erstarb, als sie keine Antwort bekam.

»Oh nein, das ist doch nicht wirklich passiert?«

»Doch, ist es. Und zwar über Sonjas geliebten Stammkunden aus dem Luxusdekoladen direkt gegenüber. Denselben Typen, den ich dann leider auch noch angemault habe, weil er ... Na ja, weil er sich wie ein Arschloch verhalten hat.«

Elena lachte immer noch, obwohl ich hörte, wie sie es zu verhindern suchte.

»Mmh. Wenn selbst *du* ihn anmaulst, dann muss er wirklich ein Arschloch sein.«

»Ein superarrogantes, unverschämt gutaussehendes Arschloch.« Ich legte mir direkt die Hand auf die Stirn. Hatte ich Fieber oder warum zur Hölle hatte ich das gesagt? Elena gegenüber zu erwähnen, dass ich jemanden attraktiv fand, war in etwa so, als hätte ich sie als Hochzeitsplanerin beauftragt.

»Ich habe noch nie davon gehört, dass ein Arschloch gut aussehen kann. *Hach*, Spaß beiseite. Ernsthaft, Mariechen ... Du hast noch nie jemanden als gutaussehend bezeichnet.«

»Das ist nicht wahr!«

»Doch, ist es«, kicherte Elena und ich konnte das Leuchten in ihren Augen förmlich sehen. Ich wechselte sofort das Thema.

»Wenigstens habe ich den Job noch.«

»Mariechen. Wenn sie jeden Kellner rausschmeißen würden, der einmal jemandem Kaffee über den Latz kippt, dann gäbe es überhaupt keine Kellner mehr von hier bis Timbuktu.«

»Wie ist dein Vortrag gelaufen?«, wechselte ich das Thema noch einmal. Elena beschrieb in buntesten Worten, wie sie sämtliche Seminarteilnehmer vierzig Minuten lang mit mechanischen Grundlagen und deren Herleitung gequält hatte.

»Aber Herr Molling fand es gut. Glaube ich. Aber Henrick hätte mir hinterher fast sein Grundlagenbuch über den Schädel gezogen - kennst du den Wälzer? Ein dickes Ding.«

»Das Buch oder Henrick?«

»Haha.«

»Geht Henrick manchmal zum Mittagessen durch die Arkaden?«, warf ich in Erinnerung an einen haselnussbraunen Dreads-Kopf ein, der mit der Zwölf-Uhr-Studentenmeute im *Zuckerpöttchen* aufgetaucht war.

»Kann sein«, antwortete Elena und ich hörte das Fragezeichen nachklingen.

»Hast du schon jemandem erzählt, dass ich ... dass ich nicht mehr dabei bin?«

»Wieso?«, entgegnete Elena sofort. »Kommst du etwa wieder zurück?«

»Nein!«

Es klang etwas heftiger als beabsichtigt. Aber ich hasste den Gedanken, noch jemand außer meiner Mutter könnte meinen Sinneswandel als temporäre *fixe Idee* betrachten. Und sie wusste noch nicht einmal, dass ich jetzt keine achso-privilegierte Physikstudentin mehr war.

Ich würde meine Exmatrikulation jedenfalls nicht rückgängig machen.

»Schon gut.«

Elena erzählte ein paar weitere Erlebnisse ihres Tages und schloss mit den Worten, sie müsse noch ein bisschen was wiederholen. Wir verabredeten uns für den nächsten Tag und ich legte mit dem Gefühl auf, zumindest etwas zu haben, worauf ich mich morgen die ganze Zeit freuen konnte.

Erst als ich auflegte, sah ich den verpassten Anruf meiner Eltern. Ich schluckte und beschloss mit einem Anflug schlechten Gewissens, diese Aufgabe auf die lange Bank zu schieben.

Sonja begrüßte mich tatsächlich, als wäre gestern nichts Dramatisches geschehen. Dafür verbrachte ich sehr viel mehr Zeit im Innern der Küche und Ingeborg bediente sehr viel mehr Kunden als gestern, worüber sie alles andere als glücklich schien.

Mir hingegen war es ganz recht, unsichtbar in der Küche Schnitzelbrötchen zu schmieren, Torten zu schneiden und Salatbowls anzurichten. Erst gegen Nachmittag, als Ingeborg Feierabend hatte und ich die Kundschaft bediente, wurde mir etwas flau im Magen.

Unbegründet, denn Mr. Schnösel-Jakobi tauchte nicht wieder auf. Vielleicht hatte ich ihn ja wirklich vergrault. Das Schlimmere an dem Zusammenstoß gestern war, dass ich mich während meiner Pause nicht an das Schaufenster des *Jakobi* herantraute. Diese Glitzerwelt nicht mehr von Nahem betrachten zu können, erschien mir der deutlich schlimmere Verlust zu sein, verglichen damit, dass Mr. Schnösel uns nicht mit seiner Anwesenheit beehrte.

Ich verbrachte einen angenehmen, aber leider glitzerfreien Arbeitstag. Dennoch war ich so guter Stimmung, dass ich zum Feierabend hin meinen Mut zusammenkratzte und mich bei Sonja entschuldigte.

»Tut mir leid, dass ich diesen Typen gestern so angegangen bin. Ich weiß ja, jeder Gast ist wichtig für dein Lokal und ich wollte dir damit natürlich nicht schaden ... Jedenfalls, danke, dass du mir nach der Sache nicht direkt wieder gekündigt hast.« Sonjas Eyelineraugen weiteten sich bei meiner Ansprache und ihre Augenbrauen wanderten fast bis in den Haaransatz. Erst danach fing sie an, schallend zu lachen.

»Gut zu wissen, dass dir der Job wichtig ist«, sagte sie dann und fand direkt in ihre strenge Tonlage zurück. »Aber was den Jakobi angeht – schnauz' den so viel an wie du willst, bei ihm wird der Herr nicht so genau hinschauen. Und der Jakobi kann es gebrauchen, arroganter Fatzke. Aber bitte nicht hier im Café. Alles klar?«

Ich nickte, leicht verwirrt, aber ehrlich erleichtert.

»Der kommt morgen wieder. Montags, mittwochs, freitags isst der immer hier und jedes Mal warte ich drauf, dass der Herrgott ihn endlich am Schlaffitchen packt und ihm die Leviten liest. Ist nur noch nie passiert und er stolziert jedes Mal aufs Neue hier rein. Da kannste schon mal deine Nerven drauf trainieren.«

Wieder krampfte sich etwas Kaltes um meinen Magen zusammen. Na toll. Aber vielleicht würde es helfen, wenn ich vorher Bescheid wusste.

Wie gerufen hüpfte Elena durch die Tischreihen auf mich zu, dank der typischen Umhängetasche eine leibhaftige Erinnerung an meine Tage an der WWU, der Westfälischen Wilhelms-Universität. Sie hüpfte natürlich nicht wirklich, aber ihr aufgeregter Gang, die quirlige dunkle Lockenmähne und die schlingernde Studententasche ließen es so aussehen, als hätte sie ein lebendiges Stehaufmännchen zum Mittagessen verspeist.

Zu zweit war der Weg mit dem Fahrrad nicht halb so weit. Zumindest kam es uns so vor. Außerdem entdeckten wir einen kleinen asiatischen Imbiss, der kaum zehn

Minuten von meiner Wohnung entfernt lag, und besorgten uns ein schnelles Abendessen.

»Henrick und Nikke schmeißen morgen ihre WG-Party. Kommst du mit?«

Ach, stimmt. Morgen war Mittwoch.

Und der Mittwochabend war der Grund, warum kein Student mit Verstand in der Birne Seminare oder Vorlesungen an einem Donnerstagmorgen belegte. Nur ich, ich war jetzt diejenige, die am Donnerstagmorgen *arbeiten* musste. Andererseits brauchte ich mich dafür nicht mehr an Mama und Papa vorbeizuschleichen, wenn ich nach Hause kam.

»Klar.« Ich schob mir eine weitere Gabel gebratene Mi-Nudeln in den Mund – mit Stäbchen konnte ich einfach nicht vernünftig essen – und verdrängte erfolgreich die Horrorvorstellung, am Donnerstag verkatert arbeiten zu müssen.

Wir schafften es tatsächlich, zu zweit das Bett aufzubauen. Elena warf sich ächzend auf die Matratze, kaum dass wir sie hineingewuchtet hatten. Ich jedoch stellte mich freihändig auf den hölzernen Bettrand und streckte die Hand nach oben.

Okay, Frau Lohmann wird recht behalten.

»Ähm. Was genau tust du da?«, fragte Elena, die Hände hinter dem Kopf verschränkt, aber ich ließ mich nicht beirren und balancierte auf Zehenspitzen das schmale Brett entlang.

»Ich werde eine Leiter brauchen, um meine Lichterkette aufzuhängen.«

»Stimmt, die Einhörner ... Du hast sie also vor den Klauen deiner Mutter gerettet?«

Ich verdrehte die Augen und zog die Nase kraus. Siedend heiß fiel mir der verpasste Anruf meiner Eltern ein. Ich hatte sie noch immer nicht zurückgerufen. Die Ausrede mit der Arbeit konnte kaum gelten, weil Mama und Papa glaubten, ich hätte bloß zwei ganz normale Uni-Tage hinter mir. Ich würde sie später anrufen, versprach ich innerlich und schob den Gedanken fort.

»Jap. Aber es war haarscharf«, antwortete ich mit einem vielsagenden Grinsen und Elena schnaubte.

Kapitel 5

... von Opa Kalle, der sein Gewehr gefunden hat.

Der schiefe Eulenschrei unterbrach jedes weitere Gespräch, als es an der Tür klingelte. Wir zuckten beide zusammen, sodass ich fast auf sehr unelegante Weise vom Bettrand fiel. Gerade noch rechtzeitig hüpfte ich wieder auf den Boden. Die Dielen gaben ein protestierendes Knarzen von sich.

Frau Lohmann stand vor der Tür, eine reichlich beschämte Miene im Gesicht.

»Unser Sohn hat es heute leider nicht hergeschafft, Marie, bitte entschuldige.«

In meinem Kopf ratterte es eine ganze Weile, bis mir wieder einfiel, dass sie ihn hatte vorbeischicken wollen.

»Kein Problem. Die Lichterkette kann schon noch ein bisschen warten ...«, antwortete ich, doch Frau Lohmanns Gesichtsausdruck verdüsterte sich ein wenig, als wäre sie der Überzeugung, eine Lichterkette hätte ein angestammtes Recht auf sofortige Beachtung. *Sehr sympathisch.*

»Ich möchte ihrem Sohn keine Umstände machen«, fügte ich hinzu, als Frau Lohmann weiter schwieg.

»Ach, bitte, Liebes. Ein bisschen Zeit zu Hause würde ihm nicht schaden. Außerdem wollte er morgen früh auf Opa Kalle aufpassen, aber ...«

Sie seufzte, rieb sich die Stirn und winkte ab. Wieder löste sich eine graue Locke aus ihrem Dutt und sie schob sie fort. Frau Lohmann erschien mir immer voller Energie und Lebensfreude, es war beinahe ungewohnt, sie mit trübsinnig verzogener Stirn zu sehen.

»Kann ich Ihnen meine Hilfe anbieten?«, fragte ich ins Blaue hinein und spürte, wie der rote Hauch über meine Wangen kroch. Frau Lohmann hob schon die Hände, um abzulehnen ...

»Wenn es dir nichts ausmacht ...«, begann sie und ließ die Hände auf ihre staubige Arbeitshose sinken. »Ich bräuchte morgen früh jemanden, der auf Opa Kalle aufpasst.«

»Ähm ... Opa Kalle?« Ich hatte bisher nur Frau und Herrn Lohmann kennengelernt.

»Mein Schwiegervater. Er ist über achtzig und neigt dazu ... Sind wir ehrlich, es gibt Momente, da hat er sie nicht mehr alle.«

Sie zuckte unschuldig die Schultern, als ich mir das Lachen über ihre Wortwahl verkniff. »Aber er ist absolut freundlich. Du müsstest nur darauf achten, dass er nicht wegläuft oder aus Versehen das Haus abfackelt.«

Sie zuckte noch einmal mit den Schultern, als mir die Kinnlade herunterfiel. »Ist das schon vorgekommen?«

»Wir konnten rechtzeitig eingreifen«, erklärte Frau Lohmann diplomatisch und fand endgültig ihre gute Laune zurück. »Es wäre nur für eine Stunde, damit Herbert und ich einen wichtigen Termin im Dorf wahrnehmen können. Wir wären um neun zurück.«

Ich hätte noch genug Zeit, um zur Arbeit zu fahren. Und bei Frau Lohmanns hoffnungsvollem Blick konnte ich eigentlich nicht mehr nein sagen. Aber ihren Sohn, den würde ich mir vielleicht einmal vorknöpfen.

»In Ordnung. Ich klingele dann um acht bei Ihnen.« Frau Lohmann atmete erfreut durch und legte ihre kräftigen Hände an meine Schultern.

»Vielen Dank, Marie. Und weißt du, auf dem Hof ist es üblich, sich zu duzen, wenn du nichts dagegen hast. Also, auch die alten Leute. Ich heiße Hedwig.«

Sie artikulierte das ›g‹ wie ein ›ch‹ und ich ahnte, dass sie sonst häufig plattdeutsch sprach. Es war die typische Alltagssprache im ländlichen Münsterland und ich hatte diesen Klang immer geliebt, ohne zu wissen, warum. Ich verdrängte Mamas *Hinterweltler*-Gemecker aus meinen Gedanken.

»Gern, Hedwig.« Ich lächelte – wegen ihres Dialekts, wegen Opa Kalle oder wegen des Duzens, ich konnte es nicht sagen.

Um zwanzig vor acht ergab ich mich meinem Wecker. Erstes Tageslicht graute am Himmel vor dem Fenster und

– weil ich jetzt etwas höher lag – battelten die tanzenden Tauben sich ein wenig tiefer. Aber ich konnte ihre Silhouetten mit den ruckenden Köpfen vor den grauen Wolkenmassen eindeutig ausmachen. Ich wehrte mich gegen den Schlaf, der mich wieder in seinen Bann ziehen wollte, ...

... bis mich ein ohrenbetäubender Knall wie von selbst von der Matratze hochkatapultierte. Die Tauben flatterten in Windeseile davon und jemand brüllte etwas wie »Deubel« über den Hof.

Ganz vorsichtig schlich ich zum Fenster und sah gerade noch, wie ein gebeugter Herr mit Hut und Gewehr aus dem Blickfeld huschte. *Bitte, guter Gott, an den ich nicht glaube, bitte lass das nicht Opa Kalle gewesen sein.*

Drei Minuten vor acht schaffte ich es zu Lohmanns Haustür. Vorn auf dem Hof war niemand mit Gewehr zu sehen, aber ich hatte mich vorsichtshalber trotzdem beeilt. Vielleicht war Opa Kalle mit seiner Waffe auf die Obstwiese weitergezogen, denn die Einfahrt, der Hof und die umliegenden Schoppen und Unterstände waren verlassen.

»Komm rein, Liebes.«

Frau Lohmann – Hedwig – hielt mir die Tür auf. Sie trug ihr Haar offen und hatte die staubige Arbeitskleidung gegen eine Jeans und eine elegante cremefarbene Bluse getauscht. So hätte sie ohne Weiteres im *Zuckerpöttchen* frühstücken gehen können und niemand wäre auf die Idee gekommen, eine Bäuerin beim Ausgehen zu beobachten.

»Du siehst etwas erschöpft aus.«

Sie klang besorgt und musterte mich von Kopf bis Fuß. Ich winkte ab.

»Die ersten beiden Arbeitstage waren anstrengender als erwartet«, gab ich zu, fand aber rasch mein Lächeln wieder. »Körperlich und auch für meine Nerven. Vor allem für meine Nerven.«

»Inwiefern?«

Hedwig wühlte nebenbei in einer Kiste mit Tüchern, bis sie ein hell gemustertes fand, das sie sich rasch um den Hals band. Sie war in Eile, bemerkte ich, und musste sich mein Jakobi-Abenteuer nicht in aller Ausführlichkeit anhören.

»Ach, nur so ein ... fieses, arrogantes Ekel. So ein Typ, der meinte, ihm würde die Welt gehören, nur weil er Kohle hat. Der hat mich vielleicht angemault. Als wäre er der König der Schnösel und ich ... keine Ahnung. Dreck unter seinen Fingernägeln oder so.«

Hedwig schnaubte. »Lass dir bloß nicht von so einem deine Laune verderben. Wie gut, dass Opa Kalle genau deiner Meinung sein wird, was Schnösel angeht.« Sie zwinkerte und bat mich gestikulierend in Richtung des Wohnzimmers, wo ich schon meinen Mietvertrag unterzeichnet hatte.

Alles hier drin war älteren Datums, aber sehr gepflegt. Das dunkle Holz vertäfelte den gesamten Raum bis auf Hüfthöhe, alte Balken ragten in rechten Winkeln aus den Wänden und konnten noch in mehreren Metern Höhe bestaunt werden. Im Kamin brannte ein Feuer und tauchte uns alle in fröhlich knisternde Wärme.

»Moin«, rief Herr Lohmann, der auf dem Sofa saß und in seiner normalen Kleidung mehr als ungewohnt wirkte. Neben ihm hockte ... der alte Mann mit Gewehr, den ich schon aus dem Fenster gesehen hatte, nur dass ihm dankenswerterweise jemand die Waffe abgenommen hatte. Ich schluckte.

»Moin.«

»Marie, mein Vater. Opa Kalle.« Herr Lohmann deutete überflüssigerweise auf den Alten, der mit verkniffenem Mund und umklammertem Gehstock ins Feuer starrte.

»Ähm ... hatte er eben ein Gewehr?«, flüsterte ich an Hedwig gewandt.

»Herbert hat es ihm weggenommen und es an einem Ort versteckt, wo Opa es nicht finden sollte«, erklang Hedwigs Stimme aus dem Flur, bevor ihre Besitzerin in einem hübschen Wollmantel wieder in den Raum trat. Herbert nickte – ich hatte bei unserem ersten Treffen schon den Eindruck gehabt, er wäre kein Mann der großen Worte – und Opa Kalle verschränkte die Arme wie ein beleidigtes Kind.

»Ähm, gut«, war das Einzige, was mir dazu einfiel.

»Was ist mit Aron?«, warf Herbert ein und Hedwig hob seufzend die Arme.

»Er hat gesagt, er kann absolut nicht, ein beruflicher Notfall oder so etwas.« Herbert brummte und stemmte sich vom Sofa hoch. Dass er nicht begeistert war, musste er nicht in Worte fassen.

»Am Sonntag wird er es hinbekommen. Eventuell auch früher«, beschwichtigte Hedwig und fügte hinzu: »Und dann kann er sich als Erstes um Maries Lichterkette kümmern.«

Opa Kalle und ich blieben allein zurück. Langsam setzte ich mich auf das gegenüberstehende Sofa und beobachtete den Inbegriff eines älteren Herrn. Er trug eine Jeans, mindestens so alt wie er selbst, ein Hemd, bis oben hin zugeknöpft und darüber die beigefarbene Strickjacke, die alle Menschen über siebzig gratis zu bekommen schienen. Die Kappe, die er draußen getragen hatte, lag auf seinem Schoß.

Als sein Blick zu mir herüber huschte, zuckte ich in Erinnerung an das Gewehr leicht zusammen.

»Wo ist Aron?«, fragte Opa Kalle und seine Stimme hatte einen weichen Großvaterklang und zugleich die Ungeduld eines quengeligen Kindes.

»Aron muss heute arbeiten«, erklärte ich.

»Jau. Up'n Hof is immer wat to doan.« Ich hatte Mühe, ihn zu verstehen, schließlich konnte ich kein Platt.

»Arbeitet Aron auf einem Hof?«, fragte ich und hätte mich ohrfeigen können.

»Natürlich arbeitet er hier up'n Hof, Dummkopp.« Mir blieb der Mund für kurze Zeit offen stehen. Andererseits hatte Hedwig mich gewarnt, dass Opa Kalle manchmal verwirrt war, also beließ ich es dabei.

»Der is' Discher, wie ich.« Stolz schwang in seiner Stimme mit. Ich nickte nur, als er mich auf Antwort wartend ansah, schließlich hatte ich keine Ahnung, was ein Discher sein sollte. Aber vielleicht reichte das stumme Nicken Opa Kalle ja als Antwort.

»Tischler«, sagte er langsam und deutlich, als wäre ich hier die Verwirrte. »Du kanns keen Platt kürn, wa?«

Anscheinend fand er Gefallen an diesem Gespräch und da mir alles recht war, was nicht dazu führte, dass Opa Kalle weglief, Tauben schoss oder die Hütte abfackelte, sollte ich dafür wohl dankbar sein.

»Richtig, ich kann kein Platt. Sie waren also Tischler?«

»Bin ich noch. Verlernt man ja nicht.« Ich nickte zustimmend.

»Und wat machs du?« Er lehnte seinen Gehstock neben sich an das Sofa und sich selbst tief in die Kissen. Sein Blick aus runzligen Augen lag weiter auf mir.

»Oh, ich ... ich bin ...« *Was? Gescheiterte Physikstudentin? Elternhausflüchtling? Einhornlichterkettenbesitzerin?*

»... Kellnerin in der Innenstadt.« Opa Kalle nickte zufrieden.

»Bist du Arons Freundin?«, fragte er dann.

»Oh, ähm. Ich habe Aron noch gar nicht kennengelernt.«

»Na, kein Wunder, wenn der kleine Bengel sich mal wieder nicht blicken lässt.«

Wenn ich Hedwig richtig verstanden hatte, war der *kleine Bengel* im Herbst fünfundzwanzig geworden.

»Bestimmt kommt er bald mal wieder vorbei«, warf ich rasch ein und Opa Kalle nickte trübsinnig.

»Jau. Dann mach ich ihn platt.«

Meine Augen weiteten sich und wieder schwirrten meine Gedanken zu dem Gewehr, aber der Alte nickte nur zu einem Beistelltisch hinüber, auf dem ein Schachbrett stand.

Ach so. Keine Panik, Marie.

Ich war nur fünfzehn Kilometer entfernt von hier aufgewachsen und doch war das Münsterländer Land eine ganz andere Welt. Und wenn das eine ehemalige Physikstudentin sagte, bedeutete das schon etwas.

Im nächsten Moment wuchtete Opa Kalle sich aus dem Sofa hoch und ich bekam kurz Schnappatmung bei der panischen Frage, was er jetzt vorhaben könnte.

Doch er packte nur seinen Gehstock und stakste zum Vitrinenschrank an der gegenüberliegenden Wand. Er fischte den Schlüssel aus einem Versteck hinter einem Vorsprung in der mittleren Auslassung hervor, steckte ihn zielsicher in das Schlüsselloch der rechten oberen Glastür ... Mein erster Gedanke war, dass die Glastür dankenswerterweise zu klein war, um das Gewehr hinter sich zu verbergen.

Dann zog Opa Kalle breit grinsend eine Tüte Mandelplätzchen hervor. »Herbert denkt wirklich, ich wär zu blöd, um an die Kekse zu kommen, wenn er sie einschließt.«

Ein Lachen platzte über meine Lippen. Opa Kalle war schon in Ordnung, beschloss ich und schüttelte grinsend den Kopf, als er mit den Keksen zu den Sofas zurückhumpelte.

Kapitel 6

.. in dem man mir erklärt, dass nur
Ekelhafte Menschen schöne Geschäfte führen.

Nach der morgendlichen Stunde mit Opa Kalle verbrachte ich einen halben Arbeitstag mit verkrampftem Magen, weil heute Mittwoch war und ich dank Sonja wusste, dass Mr. Schnösel-Jakobi mittwochs ins *Zuckerpöttchen* kommen würde.

Er kam dann auch, ignorierte mich und ich schaffte es tatsächlich, ihm unfallfrei einen Cappuccino zu servieren. Meinen Plan, mich zu entschuldigen, schlug ich schnell in den Wind, weil er mir nicht ein einziges Mal in die Augen sah und mich wie Luft behandelte. Nun, dann nicht. *Arschloch.*

Irgendwann rief er: »Zahlen, bitte!«, ohne in meine Richtung zu schauen, sogar ohne den Blick vom Smartphone zu lösen.

»Natürlich, wenn Sie es so wünschen, Herr Jakobi.« Meine Stimme troff vor Sarkasmus und ich wünschte im Nachhinein, vielleicht etwas leiser gesprochen zu haben. Jetzt sah er doch auf, die dunklen Augen unter seinen kräftigen Brauen blitzten mir überrascht entgegen. Genauso wie zehn weitere Augenpaare und es war plötzlich ungewohnt still im Café.

Zum Glück verging der Schockmoment schnell, alle Rentner und Geschäftsleute wandten sich murmelnd wieder ihren Gerichten zu und ich atmete stockend ein, als mir klar wurde, dass Mr. Schnösel mich noch immer mit seinen Blicken taxierte.

Jetzt wünschte ich mir, lieber wieder unsichtbar für ihn zu sein. Er starrte mich nieder, während ich mit dem Kartenlesegerät auf ihn zu trottete. Meine Wangen liefen heiß an, wie immer, wenn mein Temperament mit mir durchgegangen war, zugleich weigerte ich mich, den Kopf zu senken oder schuldbewusst dreinzublicken. Ich *verbat* es mir, so leid war ich es, mich unter diesen herabwürdigenden Blicken der gutbetuchten Kundschaft zusammenzukrümmen.

Er war *wirklich* gutaussehend. *Heilige Scheiße.*

Das dunkle, oben längere Haar trug er über den kurz geschorenen Seiten elegant nach hinten frisiert, die kräftige Kieferpartie mahlte noch immer vor Verdruss über meinen frechen Kommentar, den er offensichtlich von *Dienstpersonal* nicht gewohnt war.

Ich fragte mich unwillkürlich, unter welch glänzenden Umständen jemand wie er aufgewachsen sein mochte, dass er so mit Menschen umging, nur weil sie eine Schürze trugen.

Seine kräftigen Finger spielten mit dem nicht mehr benötigten Löffel und ließen ihn leise klirrend über den Teller tanzen. Diese Hände waren das Einzige an ihm, was nicht zu dem perfekt gestylten Geschäftsmann passen wollte.

»Die Rechnung, bitte«, wiederholte er seinen Wunsch und riss mich aus den Gedanken. Unverwandt fesselten mich seine Augen, ich entdeckte die winzigen grünen Schimmer darin, wie Fehler in einem funktionierenden System aus warmem Braun.

»Mit der Karte.«

Er beugte sich noch im Sitzen so nah an mich heran, dass er das Namensschild auf meiner Schürze lesen konnte. »Und wenn es Ihnen nichts ausmacht, heute noch, ... Marie.«

Ich blinzelte, unsicher, ob ein drohender Unterton in seiner Stimmlage mitschwang oder nicht. Würde er mich bei Sonja verpfeifen? *Und wenn schon*, schoss es mir durch die Gedanken. Andererseits war ich mir ziemlich sicher, dass ich das anders sehen würde, sobald mein Gemüt sich beruhigte.

Ich hielt ihm das Lesegerät hin und wandte mich ab, damit er seine PIN eingeben konnte. Ein sanfter Geruch nach alten Wäldern und etwas ... Weichem drang in meine Nase und ließ mich unwillkürlich tief Luft holen. *Reiß dich zusammen. Nicht einmal dieser Duft macht so einen Charakter wieder wett.*

Er stand schon auf und ich konnte mir wirklich nicht erklären, was mich gerade so zornig beziehungsweise mutig machte.

»Sind Sie eigentlich immer so ekelhaft zu anderen? Oder machen Sie für Studenten und Kellnerinnen eine Ausnahme?«

Ach du Scheiße.

Irgendetwas ging hier gerade gewaltig mit mir durch. Ich wandte mich sofort ab und begann mit zitternden Fingern, den Tisch abzuräumen. Hoffte, er hätte mich gar nicht gehört oder würde mich zumindest wieder ignorieren ... Ich spürte ihn hinter mir stehen, noch bevor er mir antwortete. Innerlich wuchs meine Anspannung bis in den verdammten unheiligen Himmel.

»Ein guter Rat, Marie. Ich habe gesehen, wie Sie mit großen Kulleraugen vor meinem Geschäft gestanden haben. Und wenn Sie wirklich dort ankommen wollen, dann müssen Sie mit *ekelhaften* Leuten wie mir umzugehen lernen.« Sein warmer Atem strich über mein Ohr, als er beinahe sanft zu mir sprach.

Er machte sich über mich lustig, begriff ich, viel zu spät, denn *Ekelhaftes-Arschloch-Jakobi* war schon längst weg, als ich es wagte, mich umzudrehen.

Ich war ganz kurz davor, sein benutztes Geschirr einfach stehen zu lassen, die Schürze theatralisch zu Boden zu werfen und aus dem Laden zu stürmen.

Doch da fand ich in die Wirklichkeit zurück. Ich war niemand, der auf Kellnerinnen herabsah. Ich war niemand, der sich für besser als andere hielt. Und ich würde mich ganz bestimmt nicht auf Jakobis Niveau herablassen und zu einem Ekel werden, um irgendwelche unsichtbaren Gesellschaftsklassen aufzusteigen.

Dies hier war *ich,* und ich würde mir von einem Oberklassen-Ekel bestimmt nicht den Tag oder die Laune verderben lassen. Ich kannte diese Gesellschaft gut genug, ich war mit gut betuchten Menschen aufgewachsen. Ein wenig anders als Jakobi mit Sicherheit, bestand das Umfeld meiner Kindheit doch aus Wissenschaftlern und Denkern, während seine sich scheinbar aus reichen Händlern und Kulturelite zusammensetzte. Aber diese Einstellung, sich für etwas Besseres zu halten, das hatten wohl alle gemein, die sich selbst als eine Art Oberschicht klassifizierten.

Und ich würde freiwillig nicht dazugehören.

Den Rest meiner Arbeitszeit über bemühte ich mich, das strahlend hübsche Geschäft gegenüber keines Blickes mehr zu würdigen. Sonja hatte nichts von dem neusten Schlagabtausch mit Jakobi mitbekommen und ich war dankbar dafür. Beim nächsten Mal würde ich mich nicht provozieren lassen.

Ich bediente mehrere Rentnerpaare, einige Freundinnen und sogar eine junge Familie, die mit zwei quengelnden Mädchen rangelte, während ich den heißen Kaffee um sie herum balancierte.

Und dann war endlich Feierabend, den ich damit einläutete, dass ich das *Zuckerpöttchen* durch einen versteckten Seitenausgang verließ, um nicht am *Jakobi* vorbeigehen zu müssen.

Elena und ich trafen uns in ihrem Zimmer im Studentenwohnheim und machten uns für Henricks und Nikkes Party zurecht. Den achtzigminütigen Weg zu meiner Wohnung und wieder zurück hatte ich mir gespart. Er hätte vermutlich dazu geführt, dass ich mich nicht wieder von meinem Bett aufgerafft hätte, und das wollte ich unbedingt vermeiden.

Ich hatte eine saubere Jeans dabei – die letzte aus meinem Schrank – und ein helles, paillettenbesticktes Shirt, das kurz über meinem Hosenbund endete. Schon oft hatte ich mir einen kleineren Hintern und schlanke Oberschenkel gewünscht, aber immerhin gefiel mir mein Bauch so wie er war.

Wieder dachte ich an die Art High Society, die sich im *Jakobi* herumtrieb und über die neuste Art der Innendekoration palaverte. Das waren genau die, die sich noch immer auf die Knochen runterhungerten und die gesamte Bodypositivity-Bewegung ignorierten, als würden sie sich wohlfühlen in ihrem Wahn nach schillernder Perfektion. Sollte Ekel-Jakobi sich doch seine Welt schön reden, wenn er wollte. Ich hatte jetzt jedenfalls erst einmal zwei Tage Ruhe vor ihm. Und dann würde ich ihn mit eiskalter Gleichgültigkeit sowas von abblitzen lassen.

Ich zuckte die Achseln, wie um den Gedanken abzuschütteln, was Elena sofort mit einem Lächeln quittierte. Herumalbernd und mit je einer Flasche Wegbier in der Hand machten wir uns zu Fuß auf den Weg.

Kapitel 7

... in dem ich die Parallele zwischen zwei Welten finde.

»Heeeeey, da ist ja der weibliche Teil meines Studiengangs«, begrüßte uns Henrick und umarmte Elena und mich. Er hatte nicht unrecht – viele weibliche Physikstudentinnen gab es nicht.

In der stickigen Luft und unter dem wummernden Bass drängten wir uns durch einen Haufen unbekannter Menschen und an einem Bierpong-Tisch vorbei, den irgendjemand in den engen Flur zwischen den WG-Zimmern gequetscht hatte.

»Wisst ihr schon, dass diese ... wie heißt sie noch? Jenny? Sie hat abgebrochen. Ihr Damen seid also nur noch zu zweit im Jahrgang.«

Henrick grinste, zuckte die Achseln und setzte die Flasche an. Beim Trinken hingen ihm seine Dreads bis zur Taille. Ich atmete tief durch. Das Thema kam für meinen

Geschmack zwar etwas zu früh auf den Tisch – mit mindestens einem halben Promille wäre es mir vermutlich leichter gefallen – aber es würde nichts nützen, mein Geheimnis zu verbergen. Spätestens Ende der Woche, wenn der ganze Jahrgang mündliche Prüfungen absolvieren musste, würde es auffallen, dass ich nicht da war.

»Ich habe auch abgebrochen.«

Henrick riss die Augen auf. »Warum?«, heulte er entsetzt und mir wurde klar, dass er uns promilletechnisch um einiges voraus war.

»Ich ... wollte lieber was anderes machen. Hat mich einfach nicht glücklich gemacht.« Es sollte lässiger klingen, gelang aber nicht. Elena drückte mir rasch eine Flasche in die Hand und ich nahm ein paar Schlucke von dem Bier, dessen Marke ich im Leben noch nicht gehört hatte. Es schmeckte übrigens auch so, dass ich mir seinen Namen nicht merken würde.

»Krass«, kommentierte Henrick und ließ sich neben mich plumpsen. »Ich hab gedacht, wir beide werden das Physiktraumpaar der ganzen Uni.«

Er stieß mich mit dem Ellbogen an, als ich mich lachend wegdrehte.

»Ich wüsste nicht, dass jemand in Physik Wert auf die Wahl eines Traumpaars legt.«

»Im Ernst, Marie. Wie kannst du nur etwas anderes studieren als Physik? Physik ist genial. Du kannst jedem irgendeinen Schwachsinn erzählen, was in deinem Studium vorkommt und keiner checkt, dass du ihn verarschst. Was studierst du stattdessen? Astronomie bestimmt, oder?« *Verdammt*, er wusste sogar, wer meine Mutter war.

»Nope.«

»Hast du auf Biochemie gewechselt?«

»Auch nicht.«

»Bitte sag mir, dass du nicht ins Lehramt gehst.«

Ich lachte. »Nein, keine Sorge. Ich studiere gar nicht mehr.«

»Wie ... so richtig *gar nicht*?« Seine Stimme rutschte wieder in diese heulend hohe Lage und Elena, die sich auf dem kleinen Sofa an mich quetschte, bebte vor Lachen.

»Genau, so richtig gar nicht. Ich kellnere jetzt und habe mir eine hübsche kleine Wohnung außerhalb genommen.«

Henrick starrte mich an, als könnte sein physikbegabtes Gehirn dieser einfachen Erklärung unmöglich folgen. Dann nickte er mit betroffenem Gesichtsausdruck und lehnte sich an die zerschlissene Rücklehne der Couch.

Im Laufe des Abends sprach sich die Neuigkeit herum. Nikke, Henricks Mitbewohnerin, die zwar keine Physik studierte, aber überzeugte Langzeitstudentin der Politikwissenschaften war, stellte sich zu später Stunde neben mich an den Stehtisch.

»Wie kommt man auf die Idee, die Freiheit des Studentenlebens freiwillig frühzeitig aufzugeben?«, fragte sie kopfschüttelnd. Dicker Kayal umrahmte ihre Augen und sie trug ihr dünnes Haar wie immer zu einem kaum fingerdicken Zöpfchen gebunden.

»Es hat mich nicht glücklich gemacht«, wiederholte ich, weil ich einfach keine Worte dafür hatte, wie ich es genauer beschreiben sollte, ohne mich der Lächerlichkeit preiszugeben.

Hier wollte ich bestimmt nicht dieses triste Gefühl erörtern, das mich jedes Mal in meinem wissenschaftsbelasteten Elternhaus überfiel, in dem nur Fakten und keine Emotionen ihre Daseinsberechtigung fanden.

»Na, darum geht's doch, oder? Man studiert irgendetwas mit guten Aussichten für später, um vorher erst mal viel Freizeit zu haben.« Sie zuckte die Achseln. »Klar, der Ernst des Lebens kommt dann irgendwann, aber du hättest doch erst noch ein paar Jahre das Studentenleben genießen können.«

»Das kann doch nicht das Ziel sein. Sich möglichst lange vor einem bedeutenden Job zu drücken und nur das Drumherum zu genießen. Und danach zähneknirschend einen Beruf auszuüben, den man nicht will, und den Ernst dieses Lebens zu ertragen.«

Nikke hob die Schultern. »Wenn du meinst. Ich werde mir jedenfalls bestimmt keinen Job suchen, bevor ich nicht muss.«

Sie zwinkerte und zuckte wieder mit den Schultern, wie um zu verdeutlichen, wie lässig das Thema für sie war. Henrick zufolge studierte sie im zwölften Bachelorsemester. Ich verzichtete darauf, ihr zu erklären, dass meine Eltern mir dafür genauso den Kopf abgerissen hätten. Doppelt solange zu studieren wie eigentlich notwendig wäre, kostete Nikkes Eltern bestimmt einen Haufen Geld.

Ich verkrümelte mich zu Elena, um dieses frustrierende Gespräch schnellstmöglich zu vergessen.

Erst später fiel mir auf, was mich am meisten an Nikkes Einstellung störte. Sie besaß dieselbe Arroganz wie die schnöseligen Menschen in der Galerie. Vielleicht auf eine andere Weise, aber meiner Meinung nach genauso verwerflich. Sie ruhte sich darauf aus, keine Verantwortung für sich und ihr Verhalten übernehmen zu müssen.

Ihr Ziel war nicht, glücklich zu sein, sondern Unglück zu vermeiden.

Sie klammerte sich an das, was ihr zugefallen war, und schob alles Unangenehme so weit und lange wie möglich von sich fort. Und sie verstand absolut nicht, dass ich freiwillig einen unbequemen und weniger akzeptierten Weg ging, um glücklich zu sein.

Jemand hatte meinen Kopf mit Watte gefüllt. Und diese Watte dann in Brand gesteckt. So fühlte es sich jedenfalls an. Aber woher dieses Pfeifen kam ... keine Ahnung.

Stöhnend öffnete ich die Augen. Ich brauchte erstaunlich lange, um zu kapieren, dass ich in meiner neuen Wohnung war und dass ich meinen Kater daher nicht vor Mama würde verstecken müssen. Ich wühlte mir das Kissen neu unter den Kopf, fand eine kühlere Stelle und ließ mich wieder hineinsinken.

Vor dem Fenster fiel das neueste Dancebattle der Tauben scheinbar aus. Sie saßen nebeneinander vor einem grauen, nassen Himmel und blickten in verschiedene Richtungen.

Mh. Ist vielleicht auch besser für euch, überlegte ich in meinen verkaterten Gedanken.

Wieder dieser schiefe Pfeifton und endlich begriff ich, woher er kam. Die Klingel. Ächzend kam ich auf die Füße, blinzelte so lange, bis ich nur noch *zwei* Füße sah und schüttelte probeweise den Kopf, der höllisch schmerzte. Sollte Frau Lohmann, äh Hedwig, jemanden für Opa Kalle brauchen, schwor ich mir, sie für heute abblitzen zu lassen.

Auf dem Weg zur Tür warf ich einen Blick auf den Backofen, der zuverlässig blinkend die Uhrzeit anzeigte.

Halb acht. Ernsthaft? Ich hätte noch eine ganze Stunde schlafen können und die wäre heute der Himmel, an den ich nicht glaubte, auf Erden gewesen.

In meiner kurzen Hose und dem Schlabberschlafshirt griff ich den Knauf und zog schwungvoll die Tür auf, fuhr mir gleichzeitig durch das völlig zerstrubbelte Haar und beschloss, dass es egal wäre, wenn Hedwig oder Opa Kalle mich so sähen ...

Für eine halbe Sekunde blieb mir die Luft weg. Dann schlug ich die Tür wieder zu, vollkommen überzeugt davon, noch in irgendeinem verrückten Kateralbtraum festzustecken. Ich klatschte mir mehrfach mit den flachen Händen vor die Stirn und auf die Ohren – irgendwer hat doch mal behauptet, davon würde man aus Träumen aufwachen.

Es klappte nicht.

Ich warf einen Blick durch den Türspion. Er stand noch immer da. Die Erkenntnis sickerte in mein Inneres, dass es wohl der Realität entsprechen musste, dass Ekel-Jakobi herausgefunden hatte, wo ich wohnte.

»Was wollen Sie hier?«, rief ich durch die geschlossene Tür. Ein schwerer Atemzug drang an mein Ohr.

»Ich soll eine Lichterkette für dich anbringen.«

Seit wann duzte er mich? Wieso sollte ausgerechnet er hier eine Lichterkette anbringen? Ich ließ mich gegen die Wand sinken. Das war eindeutig nicht der Moment, meinen Kopf mit derartigen Fragen zu belästigen.

»Ich habe nicht den ganzen Tag Zeit.«

Eine gepfefferte Antwort lag mir auf den Lippen, aber ich schluckte sie herunter. Wenn ich ihn wegschickte, hätte ich immer noch keine Lichterkette. In meinem Zustand gesehen hatte er mich ohnehin schon. Und außerdem beschlich mich eine fast unverschämte Schadenfreude bei dem Gedanken, dass er etwas *für mich* tun musste.

Ich riss die Tür wieder auf.

»Ich auch nicht. Wenn Sie sich also beeilen würden?« Ich schenkte ihm ein widerliches Lächeln, von dem ich hoffte, dass es ihn bis in seine Träume verfolgen würde. In die besonders bösen Träume. Er presste die Lippen zusammen und erst jetzt fiel mir seine Kleidung auf.

Das markante Gesicht mit den intensiven braunen Augen und der kunstvoll gestylten Frisur passte überhaupt nicht zu der grauen Arbeitshose, dem uralten, rissigen Sweatpulli und den schweren Stahlkappenschuhen.

»Auf dem Hof duzt man sich«, korrigierte er mich und drängte sich mit Leiter und seiner werkzeugbeladenen

Hose an mir vorbei in die Küche. »Also. Wo soll deine Lichterkette hin?«

Ich deutete auf mein Schlafzimmer und eine plötzliche Hitze schoss über meine Wangen, als mir das Chaos darin bewusst wurde.

»Oh, Marie, warst du gestern noch aus?« Hedwig stand plötzlich in der Tür und musterte mich mit wissendem Lächeln von Kopf bis Fuß. Es zu leugnen würde meine Außenwirkung vermutlich nicht verbessern.

»Jap.« Ich verschränke die Arme vor der Brust und versuchte gleichzeitig, mit den Fingern meine Haare zu kämmen. Hedwig nickte und steckte dann den Kopf um die Ecke, um nach meinem Aushilfshandwerker zu sehen. Ich wollte gerade eine der zweihundert Fragen in meinem Kopf stellen, zum Beispiel, warum zur Hölle sie den schnöseligen Blödmann aus der Galerie als Handwerker anheuerte, aber bevor ich meine Worte sortiert hatte, rief sie in Richtung Schlafzimmer:

»Oh und Aron? Papa ist schon auf dem Feld, aber Opa würde dich gern noch zu Gesicht bekommen. Wenn du nachher noch fünf Minuten hast ...?«

Ich wandte mich ab, damit Hedwig meine aufgerissenen Augen nicht sah.

Scheiße. So eine verfluchte Oberkacke.

Kapitel 8

... in dem ich hinter eine hübsche Fassade blicke und Ekelhaftes finde.

Vielleicht hätte ich diese Verbindung früher gerafft, wenn der Kater in meinem Hirn nicht munter Bäumchen-wechsel-dich mit meinen Synapsen spielen würde. Um das zu verkraften, würde ich wohl ein paar Wochen brauchen.

Ekel-Jakobi war Lohmanns Sohn? Konnte der liebe Gott, an den ich nicht glaubte, wirklich so grausam sein? Er konnte, denn in diesem Moment ließ Hedwig mich und ihren Sohn allein.

»Gib mir mal deine Lichterkette«, rief eine tiefe Stimme aus meinem Schlafzimmer. Barfuß tappte ich über die Holzdielen, kramte in einer der vielen herumstehenden Kisten und reichte *Jakobi* – Aron – das eine Ende der Einhornkette.

Mein Blick verharrte kurz auf seinen muskulösen Oberschenkeln, die sich gegen die Leiter drückten, und fragte mich im Stillen, warum Männer in schmutzigen Arbeitshosen ungleich attraktiver wirkten als im Anzug.

»Ist das dein Ernst?«

Der belustigte Tonfall passte so gar nicht zu einfach allem, was ich bisher von ihm kannte. Er wedelte mit einem grinsenden Einhorn mit Weihnachtsmütze vor meinem Gesicht herum.

»Die ist ja mal *gar nicht* kindisch.«

»Glaub mir, meine Mutter hat mich schon Schlimmeres genannt, als ich die Einhörner zu Hause aufhängen wollte.«

»Bist du etwa deswegen hier eingezogen? Wegen einer potthässlichen Einhornlichterkette?«

»Mir gefällt sie«, fauchte ich zurück, aber Aron grinste immer noch.

»Du hast meine Frage nicht beantwortet. Bist du deswegen hergezogen?« Er sah aus, als wollte er gleich loslachen. Diese Mimik wirkte so fremd in seinem Gesicht, dass ich mir plötzlich nicht mehr sicher war, ob Ekel-Jakobi vielleicht einen Zwilling hatte. Etwas Weiches lag in seinem schalkhaften Blick.

»Nein«, antwortete ich, hörte aber selbst die Unsicherheit aus meiner Stimme heraus. »Und ein bisschen besinnliche Stimmung würde dir auch nicht schaden.«

Er schnaubte und der beinahe angenehme Augenblick war vorbei. Konzentriert arbeitete er, hämmerte viele kleine Nägel in die Decke. Ich schlüpfte ins Bad, während er beschäftigt war, und stand ihm danach wenigstens angezogen und gewaschen gegenüber.

Schlussendlich spannte sich die Einhornlichterkette in einem – zugegeben sehr hübschen – Muster über meiner Schlafzimmerdecke. Nur das Kabel hing als traurige Strippe an der Wand hinab.

»Dafür besorge ich dir einen Kabelkanal. Es wird aber bestimmt bis zum Wochenende dauern. Wie schon gesagt, ich habe nicht ...«

»... den ganzen Tag Zeit«, beendete ich seinen Satz und wagte ein vorsichtiges Lächeln. »Danke schön.«

Er blickte auf, kaum dass er die Leiter hinabgestiegen war, und als diese warmen, braunen Augen die meinen trafen, wühlte sich etwas in meinem Innern aufgeregt zusammen. Eine Frage konnte ich mir dann doch nicht verkneifen.

»Du hast nicht zufällig einen bösen Zwilling?«

Er verschränkte die muskulösen Arme vor der Brust, nachdem er den Hammer in seiner Gürtelschlaufe befestigt hatte. Die Geste strahlte eine dominante Arroganz aus, die meinen Körper in mehr als unangemessene Aufregung versetzte. Mit hochgezogenen Augenbrauen legte er den Kopf schief.

»Nur weil du jetzt bei meinen Eltern wohnst, heißt das noch lange nicht, dass du dir ein Urteil über mich erlauben darfst.« *Ah, da ist das Ekel ja wieder.*

»Deswegen vielleicht nicht, aber da du ja gern über mich urteilst, steht mir wohl dieselbe Freiheit zu, oder?«

Ich verschränkte ebenfalls die Arme, was mit einem nassen Handtuchturban auf dem Kopf vermutlich nicht ganz so beeindruckend wirkte wie bei ihm.

Mit geübtem Griff lud er sich die Leiter auf die Schulter und folgte mir aus dem Schlafzimmer in die Küche. Ich hielt ihm die Wohnungstür auf, ging aber nicht zur Seite, sodass er sich mit seiner Last an mir vorbeiquetschen musste. Er verharrte in dem Augenblick, als am wenigsten Platz zwischen uns war. Ich spürte die Ecke der Küchenzeile in meinem Rücken und den Stoff von Arons Pulli an meinem Bauch vorbeistreichen ... Sein Duft hüllte mich ein wie ein verschneiter Tannenwald. Seine Schulter verharrte auf Höhe meines Kiefers und eine Strähne seines kaminholzbraunen Haars fiel vor sein Auge, als er zu mir herabsah. Meine Finger zuckten, wie um diese Haare hinter sein Ohr zurückzustreifen.

»Ich schulde dir noch eine Antwort«, raunte er und sein warmer Atem strich über meine Ohrmuschel. Unwillkürlich öffnete ich den Mund, um Luft zu bekommen. Er *sah* es. Sein Blick verharrte eine Sekunde zu lang auf meinen Lippen. Ein leises Lachen drang an mein Ohr.

»Nein, ich habe keinen bösen Zwilling. Das alles bin ich. Und jetzt genieß die besinnliche Stimmung mit deiner dämlichen Lichterkette, Marie. Es gibt Menschen, die haben keine Zeit für so einen Schwachsinn.« Der überhebliche Ton ließ mein Blut pulsieren.

»Sagte der Typ, dem der Dekoladen für Gutbetuchte gehört«, erinnerte ich ihn sarkastisch und wich endlich zurück, um Aron mitsamt der Leiter hinauszulassen. Sein Blick fand meinen für eine weitere Sekunde, in der mir der Atem stockte. Wenn ich mich nicht täuschte, meinte ich, eine Spur von Schmerz darin zu erkennen. Die kleine

Box mit Nägeln klapperte in seiner Hosentasche und der Moment verging.

Kaum dass die Tür wieder geschlossen war, fuhr ich mir mit den Händen über die Arme, an denen sich alle Härchen aufgestellt hatten. *Was zur Hölle, an die ich nicht glaube, war das denn gerade?* Mein Körper hatte eine ganz falsche Art, auf Aron Jakobi zu reagieren.

Ich verdrängte ihn erfolgreich aus meinen Gedanken, während ich mir im Eiltempo die Haare föhnte und noch schneller eine Banane aß. Auch ich hatte nicht den ganzen Tag Zeit, schließlich musste ich um zehn bei der Arbeit sein und vierzig Minuten mit dem Rad dorthin fahren.

Erst unten auf dem tropfnassen Hof wurde mir bewusst, dass mich letzte Nacht ein freundlicher Kommilitone mit dem Auto hergefahren hatte, und dass mein Fahrrad noch dort stand, wo ich es stehenlassen hatte.

In der Seitenstraße vor den Arkaden.

»Shit.«

Ich warf einen Blick auf mein Smartphone. Viertel nach neun. Ich würde niemals schnell genug einen Bus finden, wenn hier überhaupt einer fuhr.

Hinter mir fiel eine Tür ins Schloss und als ich mich umwandte, erblickte ich einen lebendig gewordenen Albtraum. Ekel-Jakobi, höchstpersönlich und nun wieder in schniekem Anzug und elegantem Mantel, beides ohne ein einziges Staubkorn darauf, marschierte über den matschigen Hof, gefolgt von Hedwig.

Um mich zu verstecken, war es in mehrfacher Hinsicht zu spät, sie hatten mich sowieso schon gesehen und ich musste mich beeilen, um pünktlich zur Arbeit zu kommen. Also ignorierte ich Aron und ging sofort auf Hedwig zu.

»Ähm, Hedwig? Könnte ich mir vielleicht ein Fahrrad ausleihen, um zur Arbeit zu fahren?«, fragte ich gerade heraus und biss mir auf die Lippe. Der eisige Nieselregen legte sich sanft und kühlend auf mein Gesicht – was vielleicht gut war, denn wer wusste schon, wie mein Körper jetzt wieder auf diesen ekelhaft attraktiven Typen neben mir reagieren würde?

Hedwig überlegte eine Sekunde und ich knotete die behandschuhten Hände in der Hoffnung, es noch irgendwie pünktlich zum *Zuckerpöttchen* zu schaffen.

»Du arbeitest doch in den Arkaden?«, fragte sie dann und ich nickte.

»Na bitte, Aron kann dich mitnehmen«, erwiderte sie leichthin und ich schüttelte wie unter einem Zitteranfall den Kopf.

»Oh nein, ähm ...«

»Er arbeitet auch dort, es macht wirklich keine Umstände. Nicht wahr, mein Lieber?« Sie legte ihre Hand auf Arons Schulter und zwang ihn gewissermaßen, sich uns zuzuwenden.

»Klar. Steig ein«, antwortete er mit der Miene eines besiegten Kriegers, was sicher ein Irrtum war, denn der größte Verlierer dieser Diskussion war definitiv ich. Langsam trottete ich zur Beifahrerseite.

»Nun, dann wünsche ich euch beiden einen schönen Arbeitstag. Und Aron, vergiss nicht, dass du ...«

»Schon klar«, brummte er und schwang sich auf seinen Sitz.

»Aron!«, rief eine andere Stimme über den Hof, kurz bevor ich die Tür des Wagens schloss. Über meine Schulter und durch die Heckscheibe erkannte ich Herbert, der sich im Gehen die Hände an seiner Arbeitshose abwischte. Aron seufzte so genervt, dass es beinahe wie ein Knurren klang. Er stieg wieder aus, blieb aber in der Autotür stehen.

»Ottingers Bernhard hatte noch so eine Fräse, wie du sie wolltest. Ich habe sie dir in die Werkstatt gelegt. Also falls du demnächst Zeit findest.« Der unausgesprochene Vorwurf klang selbst bis zu mir ins Auto durch.

»Danke.« Ohne weitere Worte ließ Aron sich auf den Fahrersitz fallen und schlug die Tür zu. Ich schnallte mich an und bemühte mich, die teuren, beigefarbenen Ledersitze möglichst wenig zu berühren. Meine Füße in den schlammigen Turnschuhen stellte ich reglos auf die Schmutzfangmatte. Ich wurde nicht schlau aus diesem Typen, absolut nicht, und das einzig Vernünftige wäre wohl, mich von ihm fernzuhalten.

Der Wagen setzte sich fast lautlos in Bewegung und mir wurde klar, dass wir in einem E-Auto saßen, das vermutlich teurer war als ... na ja, als alles, was ich besaß. Der Scheibenwischer jagte von links nach rechts und arbeitete dabei ebenso geräuschlos wie der Motor. In unbehaglicher Stille saßen wir nebeneinander. Aron stellte das Radio an, als wäre er sich dessen genauso bewusst wie ich.

»Danke, dass du mich mitnimmst«, murmelte ich irgendwann, um überhaupt etwas zu sagen. Aber Aron nickte nur kurz in meine Richtung. Schon war ich wieder unsichtbar.

Zweimal telefonierte er während der Fahrt über die Freisprechanlage. Einmal ging es um ein neues Design für die Adventsauslage. Das andere Mal um irgendwelche Logistikprobleme, die ich nicht so richtig verstand. Ich blieb stumm neben ihm sitzen und tat so, als wäre ich gar nicht da.

»Dein Opa sagte, du wärst Tischler«, erinnerte ich mich in dem Moment, als wir endlich in die Tiefgarage einbogen. Ich fragte mich unwillkürlich, warum ich nicht einfach die Klappe hielt.

»Was hast du mit Opa zu schaffen?« Seine Unfreundlichkeit war fast mit Händen zu greifen und ich bereute, überhaupt etwas gesagt zu haben. Wie um die Lage noch unangenehmer zu machen, stellte Aron das Radio ab.

»Ich habe Mittwochmorgen auf ihn aufgepasst, als du zu beschäftigt warst.«

Ich reduzierte den Vorwurf in meiner Stimme auf eine winzige Spur, aber es genügte, um Aron zum Schweigen zu bringen. Er stellte den Motor ab und als ich schon damit rechnete, keine Antwort mehr zu bekommen, sagte er: »Es stimmt. Ich bin Tischler.«

Sein Tonfall vermittelte mir eindrucksvoll, dass keine weiteren Fragen erwünscht waren. Im Profil wirkte sein Gesicht noch verschlossener als zuvor und seine Wimpern berührten seine Wange, als er den Blick senkte.

Rasch schnallte ich mich ab, griff nach meiner Tasche und verließ den Wagen. In der Tiefgarage war es trotz der Leuchtstoffröhren düster und bitterkalt und vermutlich sollte ich froh sein, an so einem Morgen nicht mit dem Rad herkommen zu müssen. Andererseits sagte mir mein Gefühl, dass es Aron war, der diese Kälte ausstrahlte, und ich auf dem Fahrrad vielleicht doch besser aufgehoben wäre.

»Da bist du ja endlich.«

Die volltönende Stimme hallte scharf innerhalb der nackten Wände der Tiefgarage und ich zuckte unwillkürlich zusammen. Die rothaarige Schönheit, die ich im *Jakobi* gesehen hatte, glitt auf ihren Highheels zu uns herüber, als wären diese Höllenschuhe eine Verlängerung ihrer Beine und kein Störfaktor.

»Miles Hakouibi hat schon dreimal angerufen und nach dir gefragt. Er will gegen elf vorbeikommen und drei weitere Investoren und ihre Ehefrauen mitbringen. Ich erwarte, dass du gefälligst ...«

Ihre Tirade blieb ihr im Hals stecken, als sie mich sah, die gerade die Autotür zuschlug. Instinktiv wich ich ein paar Schritte zur Seite und landetet prompt mit dem Turnschuh in einer Pfütze. Das eisige Wasser sog sich sofort in den Schuh und in meine Socke. *Großartig.* Jetzt würde ich den Rest des Tages mit dem Fuß einer Wasserleiche herumlaufen.

»Ich bin jetzt da, Cheyenne«, unterbrach Aron sie, zog seinen Mantel zurecht, der vom Sitzen im Auto etwas knitterig geworden war. Gereizt zerrte er seine Tasche von der Rückbank. Cheyenne strich sich das glänzende rote Haar aus dem Gesicht und reckte das Kinn ein wenig höher, als unsere Blicke sich erneut trafen.

»Ist mir aufgefallen«, zischte sie, packte Arons Ärmel und drehte ihn von mir weg, wie um mich vom Gespräch auszuschließen. »Du vernachlässigst unsere wichtigsten Kunden, um dich mit einer kleinen Studentin zu vergnügen? Ist dir klar, welche Bedeutung die nächsten Wochen für das Jahresgeschäft ...?«

»Ich kann Sie hören«, platzte es aus mir heraus, als mir die Hutschnur riss. *Er – sich mit mir vergnügen? Die hatte sie wohl nicht mehr alle!*

Hitze lief über meine Wangen und rasch schloss ich meine Winterjacke bis zum Hals, als könnte sie mich vor den blitzartigen Attacken einer rothaarigen Furie bewahren. Aber Cheyenne hatte kaum einen Blick für mich übrig, sie führte Aron nur weiter von mir weg, als wäre ich eine Ratte, die gerade aus dem Kanal gekrochen war. Ihre Schritte knallten auf dem nackten Betonboden, aber es genügte nicht, um ihre nächsten Worte zu übertönen.

»Dass dir das nicht peinlich ist, Aron. Weißt du eigentlich, wie viel ich persönlich für diese Investoren ...«

Etwas Fieses pulsierte durch meinen Magen. Etwas Heißes, Stechendes, das ich nicht länger ertragen konnte. *Wenn Sie jemals dort ankommen wollen, dann müssen Sie mit ekelhaften Leuten wie mir umzugehen lernen.* Das hatte Aron vor wenigen Tagen zu mir gesagt. Es war vielleicht etwas weniger herablassend, als das, was seine Kollegin da von sich gab, spiegelte aber dieselbe widerliche Haltung. Und ich *wollte* gar nicht lernen, mit so etwas umzugehen.

»Ich bin nicht peinlich.«

Die Worte waren heraus, bevor ich mir überlegt hatte, wie ich meinen rasenden Zorn formulieren könnte. Wie ich ihnen klarmachen konnte, wie ekelhaft sie sich verhielten. Stattdessen spürte ich, wie meine Augen anfingen zu brennen und die Zornestränen drohten, überzuschwappen.

»Nicht doch, Schätzchen«, erwiderte Cheyenne und verzog ihre in feinem Nudeton bemalten Lippen zu etwas, das möglicherweise als Grinsen durchgehen sollte. »Du musst wohl noch lernen die Klappe zu halten, wenn du nicht weißt, wie du mit der Retour umgehen sollst. Und jetzt schwing deinen wohlgenährten Hintern in die Uni und versuch, etwas aus deinem jämmerlichen Leben zu machen.«

Ich starrte für eine Sekunde schockiert in ihr fein geschminktes Gesicht, das keinerlei Hinweis auf ihren hässlichen Charakter zu geben vermochte. Mit aller Macht schluckte ich die Tränen hinunter. Ich würde nicht weinen, nicht vor Leuten wie ihnen. Cheyenne verschränkte die bemantelten Arme unter ihren wohlgeformten Brüsten und musterte mich mit aufdringlichem Grinsen, als würde sie auf eine Antwort warten.

»Cheyenne«, warf Aron genervt ein. Ich sah den mühsam unterdrückten Zorn in seinem Blick, aber er schritt nicht ein. Warum auch? Wenn ich jemals etwas anderes als Arschlochmanieren in ihm gesehen zu haben glaubte, war spätestens das hier ein Beweis für das Gegenteil. Jakobi war nichts als ein arroganter, herablassender Vollidiot und Lohmanns konnten mir nur leidtun, dass sie ihn als Sohn ertragen mussten.

Kapitel 9

... in dem ich erfahre, dass Jakobi nicht wirklich Jakobi ist.

»Ich bin überrascht, dass diese Wortwahl in Ihr Repertoire passt, wenn man bedenkt, wie Sie sich in ihrem kleinen Schnöselladen verhalten«, presste ich an Cheyenne gewandt hervor, aber es klang nicht halb so beeindruckend, wie ich es mir gewünscht hätte. Sie trat einen Schritt näher und ich fragte mich kurz, ob es nicht klüger wäre, wegzulaufen, so stechend wurde ihr Blick.

»Ich bin überrascht, dass jemand wie du überhaupt in unseren kleinen Schnöselladen hineingelassen wurde«, schnurrte sie. »Dir sieht man doch von Weitem an, dass du dir nicht einmal ein Teelicht leisten könntest. Oder warst du dort, um was mitgehen zu lassen?«

Sie warf einen vielsagenden Blick auf meine nassen Turnschuhe, um dann unter hochgezogenen Brauen zu Aron hinüberzusehen.

Sie verlangte eine Erklärung von ihm, verstand ich.

»Die Mieterin meiner Eltern hat ihr Fahrrad verloren und ich habe sie hergefahren«, erklärte er gehorsam. »Kein Grund, so auszuflippen.«

Für eine Millisekunde trafen sich unsere Augen, aber er sah direkt wieder fort. Ich erkannte die Scham in seinem Blick und beschloss, mich nie wieder, egal wie schlimm die Lage wäre, von *ihm* zur Arbeit fahren zu lassen. Und wenn ich Hedwig den Grund dafür unter die Nase reiben müsste.

»Wenn du deine neu entdeckte wohltätige Ader über die Bedürfnisse unserer Investoren stellst, ist das sehr wohl ein Grund zum Ausflippen, Aron.«

Cheyenne ließ mich stehen, als hätte sie direkt wieder vergessen, dass ich existierte, hakte sich bei Jakobi unter und geleitete ihn in das Treppenhaus, das sie in die Galerie führen würde. Keiner von beiden hatte einen weiteren Blick für mich übrig, wie ich rauchend vor Zorn in der tropfenden Tiefgarage zurückblieb.

Ich hatte große Lust, Aron *Arschloch* Jakobi den Wagen zu zerkratzen. Aber er wüsste vermutlich, dass ich es gewesen wäre, und meine Versicherung deckte wahrscheinlich keinen verletzten Stolz ab.

Es war mir nicht wirklich ein Trost, dass ich es pünktlich ins *Zuckerpöttchen* schaffte, obwohl ich mich noch ein paar Minuten im Kunden-WC einschloss, um mich zu sammeln. An diesem Morgen ging jedes warme Adventsleuchten der Galerie an mir vorbei, als würde der weihnachtliche Schein absichtlich einen Bogen um mich machen.

Mehrfach verwechselte ich Bestellungen, bekam dank meiner wütenden Miene kaum Trinkgeld und verschüttete schließlich einen Kakao, der dieses Mal zum Glück keinen Kunden traf, dafür aber die alte Ingeborg, die laut schimpfend in der Küche verschwand.

»Was zur Hölle ist heute los mit dir«, maulte Sonja und zerrte mich hinter den Tresen.

»Entschuldige«, sagte ich sofort und legte mir eine Hand an die Stirn, wie um sie zu kühlen. »Ich ... Es war ein bisschen viel heute.«

Sie musterte mich mit ihren zornig verzogenen Denkfalten auf der Stirn, aber ich meinte, leise Sorge in ihren Augen zu erkennen. Sonja hätte mir schon mehrfach kündigen können, ging es mir auf, hatte es aber nicht getan. Ihre strenge Fassade verbarg wohl doch etwas wie einen weichen Kern und allein diese Ahnung genügte, dass ich endgültig in Tränen ausbrach. Rasch ließ ich mich in die Hocke sinken, damit mich die Kunden nicht sahen. Zu meiner Überraschung folgte Sonja mir hinter den Tresen.

»Jakobi ist der Sohn meiner Vermieter«, brach es aus mir hervor. »Und dann haben wir seine Kollegin getroffen, diese ätzende Rothaarige ...«

Sonja hörte sich die ganze Geschichte an und schüttelte augenrollend den Kopf.

»Weißt du Marie, nach dreißig Jahren in meinem Beruf fehlt mir die Kraft, mich über solche Leute noch aufzuregen. Und warum auch? In den Augen unseres guten Herrn sind sie die Bedauernswerten und verdienen unser Mitleid.«

Sie lächelte auf mich herab und deutete mit ihrem Zeigefinger hinauf in Richtung Himmel, auch wenn die mit leuchtenden Spots verzierte Cafédecke im Weg war. Ich wusste, dass Sonja auf himmelschreiende Weise gläubig war, und würde darüber bestimmt keine Diskussion anfangen. Ein wenig bewunderte ich sie für ihre Art, mit Schnöselmenschen wie Cheyenne und Aron Jakobi umzugehen.

»Ach und falls dir das nicht reicht, hast du meine inoffizielle Erlaubnis, ihm beim nächsten Mal in den Cappuccino zu spucken. Aber nur heimlich.« Sie zwinkerte und erhob sich, um die wartende Kundschaft zu bedienen.

Ich verkniff mir das halbherzige Lachen und lehnte mich für ein paar Sekunden mit dem Hinterkopf an die Schränke in meinem Rücken. Vielleicht hatte mich der Zauber der Adventszeit heute doch nicht vollständig verfehlt. Ein bisschen Sternenstaub besprenkelte meine Seele, als ich an Sonjas Reaktion dachte.

Am Ende der Schicht, als ich gerade meine Winterjacke überwarf, kam Sonja mit verzogenen Lippen auf mich zu.

»Mir ist eine der Aushilfen für Sonntag ausgefallen«, begann sie ohne Umschweife. »Es ist verkaufsoffen, erinnerst du dich? Da ist sicher die Hölle los ...« Ich nickte und zog meine Mütze tief über die Ohren.

»Du könntest morgen und Samstag freimachen, wenn du Sonntag dafür einspringst?«

Sonja schob ihre Brille hoch und rieb sich das müde Gesicht.

»Klar, kein Problem.« Ein Lächeln trat auf meine Lippen. Zwei freie Tage, in denen ich meine neue Wohnung zum Leuchten bringen konnte. Und ein Filmabend mit Elena wäre auch drin.

»Dann bis Sonntag.«

Für Münsteraner Verhältnisse hatte ich Glück – mein Fahrrad war nach über vierundzwanzig Stunden noch da, wo ich es gestern abgestellt hatte, niemand hatte den Lenker oder den Sattel gestohlen oder die Reifen aufgeschlitzt. Vielleicht hatte auch nur keiner Bock, im Dunkeln, bei Nieselregen und Temperaturen kurz über dem Gefrierpunkt ohne E-Motor damit durch die Gegend zu fahren.

Die Dreiviertelstunde bis zur Wohnung kam mir ewig vor. Aber ich hatte frei – zwei wunderbare Tage lang – und läutete meinen Kurzurlaub in der Badewanne ein. Ich hatte eine kleine Sammlung Kerzen auf dem Rand drapiert, die mich und das plätschernde Wasser in warmen Feuerschein tauchten. Ich hatte die Türen zum Flur und zu meinem Schlafzimmer offengelassen und konnte so meine Einhornlichterkette leuchten sehen. Ich ließ meine Spotify-Weihnachtsliste laufen, der Wasserdampf tanzte im Kerzenschein.

Es war trotz allem die richtige Entscheidung, sagte ich mir. Die Wohnung, der neue Job und das aufgegebene Studium. Und wenn Schnöselmenschen wie Aron Jakobi und Cheyenne mich dafür ebenso verurteilten wie Realitätsverleugnerin Nikke, dann hatte ich sicher eine gute Wahl getroffen.

Hatte ich nicht das echte Leben fernab meines Elternhauses und der gediegenen Gesellschaft meiner Familie finden wollen? Nun, ich hatte es gefunden, mit seinen Schattenseiten, aber auch mit seinen Weihnachtswunderleuchteseiten.

Und in diesem Wissen atmete ich tief durch und vertrieb Aron und Cheyenne und ihren widerwärtigen Laden aus meinen Gedanken.

Am nächsten Morgen frühstückte ich in Jogginghose im Bett. Konnte es etwas Besseres geben, als heiß aufgebackene Croissants mit Nutella? Auf meinem Laptop lief eine uralte Folge von *How I met your mother* und ich genoss das Gefühl, mich an einem freien Tag berieseln zu lassen.

Zumindest so lange, bis mein Smartphone klingelte und dieser krasse Sound aus dem Film *Psycho* mich den Kaffee über mein Kissen schütten ließ. Halblaut fluchend ging ich ans Telefon und hatte prompt Mama an der virtuellen Strippe.

»Oh, du lebst also noch!«, eröffnete sie und ich seufzte tief. »Entschuldige, ich habe einfach vergessen, dich zurückzurufen. Ich hatte wirklich viel um die ...«

»Du ziehst also nicht nur aus, sondern streichst uns einfach aus deinem Leben?«

»Natürlich nicht, Mama.« Ich seufzte noch einmal und setzte mich auf die Bettseite, die nicht von Kaffee überlaufen war. Ich lehnte meinen Hinterkopf gegen die Schräge. Dass Mama für fünf Sekunden still wurde, musste ihr alles abverlangen. Und es zeigte mir auch, dass sie verletzt war.

»Es tut mir wirklich leid, Mama.«

Sie holte Luft und in mir zog sich alles zusammen in Erwartung dessen, was als Nächstes kommen würde.

»Wie ist deine Prüfung bei Professor Mormann gelaufen?«, fragte sie dann. Von ihr wahrscheinlich als großzügiges Friedensangebot gemeint, ging mir diese Frage durch Mark und Bein.

Ich muss es ihr sagen.

Irgendwann würde ich ihr gestehen müssen, dass sie mich für ein Studium bezahlte, dass ich in den Dreck getreten hatte. Weil es mich nicht erfüllte. Weil es mich nicht interessierte. Und beide Gründe würden es nur noch schlimmer machen, weil ich genau wusste, dass dieses Studium *Mama* erfüllte, sie interessierte und sie begeisterte. Und dass sie stolz war, dass ich zumindest ungefähr in ihre Fußstapfen trat.

»Ich glaube, ganz gut«, murmelte ich niedergeschlagen und jedes einzelne der vier Wörter schmerzte wie Teufel, als ich sie über meine Lippen entließ.

»Schön, schön«, erwiderte sie und klang besänftigt. »Du hast sicher dein Bestes gegeben, Marie.«

»Mmh«, machte ich und beließ es dabei. Die Fingernägel meiner freien Hand gruben sich in meine Handflächen.

Nach dem Telefonat schmeckten die Croissants nicht mehr halb so gut. Es kostete mich eine Menge Überwindung, mich daran zu erinnern, dass ich diese freien Tage *genießen* wollte. Ich spülte mein Geschirr ab, bezog das Kissen neu und warf die Waschmaschine an, die ich glücklicherweise vom Vormieter hatte übernehmen können.

Ich hatte gerade die zweite der vierzehn noch unausgepackten Kisten in der Hand, als der schauerliche Eulenruf durch die Wohnung hallte. Ich schloss für einen Moment die Augen und bat den lieben Gott, an den ich nicht glaubte, dass nicht Aron Jakobi vor der Tür stehen möge.

Der nicht existente Gott hasste mich.

Durch den Türspion erkannte ich die aufrechte Haltung und den rissigen Sweatpullover sofort. *Na großartig*. Ich warf einen Blick an mir hinunter – ich trug ein enges Shirt und Jogginghosen mit Kaffeeflecken, was im Vergleich zum Schlafschlabberlook vom letzten Mal sicher eine Verbesserung war. Und eigentlich spielte es auch gar keine Rolle.

»Wenn Sie doch so wenig Zeit erübrigen können, lassen Sie mich doch vielleicht mal einen Morgen lang in Ruhe, *Herr Jakobi*«, fauchte ich zur Begrüßung. Seine Miene verdüsterte sich augenblicklich, aber es tat mir kein bisschen leid.

»Auf dem Hof duzt man sich«, murrte er und machte Anstalten, sich an mir vorbei zu drängen.

»Mag sein«, entgegnete ich und stellte mich mitten in den Weg. Ich würde mich nicht länger von ihm herumkommandieren lassen.

»Und in der Stadt verhält man sich höflich und zuvorkommend.«

Er seufzte und biss sich auf die Unterlippe, stellte die Leiter an der Türzarge ab.

»Willst du einen Kabelkanal für deine Lichterkette oder nicht?«

»Nein, danke«, beschloss ich in diesem Moment. Hinter dem kleinen Abdach, unter dem er stand, fing es an zu regnen.

Erst tröpfelte es leicht wie eine kurze Warnung, dann brach ein Sturzbach los und verwandelte die ohnehin feuchte Hoffläche in eine Schlammlandschaft. Aron warf einen Blick zurück und schloss genervt die Augen.

»Es tut mir leid«, murmelte er, ohne mich anzusehen. Im Profil sah ich seinen Kiefer arbeiten. Ich antwortete nicht, würde ihm nicht die Gelegenheit geben, sich so leicht aus der Affäre zu ziehen.

Nicht jetzt, da er gewissermaßen gefangen auf meiner Türmatte stand.

Irgendwann sah er auf, seine tiefbraunen Augen legten sich auf mein Gesicht. Ich sah die Wärme und die Zerrissenheit darin, so anders als alles, was er mir je gezeigt hatte, und in dem Moment kam mir zum ersten Mal die Frage, was hinter seinem Verhalten stecken mochte. Was hatte ihn zu dem gemacht, der er heute war?

»Diese ganze Auseinandersetzung in der Tiefgarage tut mir leid. Cheyenne ist ein Biest und es tut mir leid, dass du sie so kennenlernen musstest. Und ... dass ich nicht eingeschritten bin, als sie dich fertiggemacht hat.«

Bei der Erinnerung presste ich die Lippen aufeinander. Es genügte nicht, was er sagte. Absolut nicht. Aber ich öffnete dennoch die Tür ein Stück weiter und trat zur Seite, um ihn einzulassen. Schließlich konnten wir nicht beide weiterhin ignorante Arschlöcher sein.

Aron sprach kein weiteres Wort, aber er zog die schlammigen Arbeitsschuhe aus, bevor er in die Wohnung trat und die Leiter an der Giebelwand meines Schlafzimmers aufstellte. Er stieg in Socken hinauf, ein schmales Röhrchen in der Hand, das wohl der Kabelkanal sein musste, und prüfte die Länge.

»Wie kommt ein Herr Jakobi dazu, in seiner Freizeit Handwerker zu spielen?«, fragte ich im Türrahmen lehnend und konnte nicht anders, als seine Rückansicht zu beobachten.

»Ich heiße *verdammt noch mal* nicht Jakobi«, schnauzte er und ich zuckte unter dem Ton zurück. Ich schluckte, bevor ich meine Stimme wiederfand.

»Aber ... ich dachte ...«

»Ja. Das denken alle.« Wie ich diesen herablassenden Ton hasste. Aron stieg eine weitere Stufe hinauf, bis sein Kopf fast die vier Meter hohe Decke berührte. »Aber ich heiße ganz einfach nur Aron Lohmann. Stell dir vor, *Jakobi* ist mein Laden, nicht mein Name oder meine Persönlichkeit.«

Ein wütendes Schnauben entfuhr mir. »Was die Persönlichkeit angeht, bin ich mir nicht so sicher.«

Der Kabelkanal fiel ihm aus der Hand, als er nicht minder zornig zu mir herumfuhr.

Ich erfuhr nie, was er mir als Nächstes an den Kopf werfen wollte. Denn in diesem Augenblick rutschte Aron Lohmann mit einem Fuß von der Leiter, griff mit der Hand ins Leere und stürzte mit einem fiesen Krachen gegen den Bettrahmen.

Kapitel 10

... in dem der Idiot dieser Geschichte mich auffängt.

»Scheiße!«

Ich stürmte zu ihm, Arschloch hin oder her, mein Herz setzte aus, als ich neben der Stelle zum Halten kam, wo er ächzend am Boden lag.

»Aron?«

Stöhnend drehte er den Kopf zu mir herum, bis ich auch seine linke Gesichtshälfte sehen konnte.

»Oh ... *shit.*«

»Was ...?«, brachte er heraus und verzog die Augenbrauen, als er meinen schockierten Blick sah. Auf seinem Wangenknochen prangte eine riesige Beule, die mit jedem Sekundenbruchteil anschwoll.

»Ich hol was zum Kühlen«, rief ich und sprang in die Küche, schnappte mir irgendetwas aus dem Eisfach und lief wie der Wind zurück. Vorsichtig legte ich es auf seine

Wange, er zischte und stieß keuchend den Atem aus, als würde ihm der plötzliche Schmerz erst jetzt auffallen.

»Verflucht noch mal.« Er machte Anstalten, sich aufzusetzen.

»Bleib liegen, verdammt«, rief ich sofort und zog mein Kissen vom Bett. Vorsichtig hob ich seinen Kopf an und stopfte es darunter. Dann drückte ich wieder die Packung Zimtsterneis auf die Beule. Zu meiner Erleichterung gehorchte er, warf mir nur einen unergründlichen Blick zu, als er sich in das Kissen sinken ließ.

»Soll ich einen Krankenwagen rufen?«, fragte ich und konnte nicht verhindern, dass meine Stimme hysterisch klang. Mama war einmal Ersthelferin bei einem Autounfall gewesen, hatte routiniert einen Fahranfänger beruhigt, die Rettung gerufen und erfolgreich eine ältere Dame wiederbelebt. Eines der Dinge, für die ich sie einschränkungslos bewunderte. Ich hingegen hatte noch nie gut mit Schockmomenten umgehen können und war sogar einmal in Schreikrämpfe ausgebrochen, als eine Kommilitonin neben mir ohnmächtig zusammengesackt war. Ihr fehlte nichts, sie hatte nur zu wenig getrunken, wie sich im Nachhinein herausstellte.

»Blödsinn. Kein Krankenwagen«, murrte Aron. Ich nickte, aber meine Hand, die das Eis an seine Wange hielt, zitterte.

»Hey«, murmelte er leise und mein Blick flackerte zu ihm herüber. »Ist schon okay, ich werd's überleben.«

Ich nickte hektisch und bemühte mich, die aufkeimende Panik hinunterzuschlucken. Sein Gesicht sah aus, als wäre er nachts im Park aufs Übelste verdroschen worden. Er musste mit dem Gesicht voran auf die Bettkante geknallt sein.

Unwillkürlich zuckte ich zusammen, als die raue Haut seiner Finger meine Hand streifte. Er drückte sanft meine Handfläche, seine Finger streichelten über meine, bis mir fast das Eis wegfiel.

»Marie«, murmelte er. Ich sah auf – seine Augenlider flatterten leicht, bevor er sie schloss.

»Du wirst doch nicht ohnmächtig?«

»Nein.«

»Okay.«

Ich rutschte auf den Knien herum, auf denen ich immer noch hockte, wollte aber meine Hand nicht wegziehen. Er schien sie zu brauchen und ich irgendwie auch, um nicht völlig in Panik zu verfallen.

Es dauerte wenige Minuten, bis Aron zusammenzuckte und leise fluchte. War er doch eingeschlafen?

»Ich muss los. Cheyenne reißt mir den Kopf ab, wenn ich ...«, meinte er und ich erstarrte fassungslos, als er sich herumdrehte und versuchte, auf die Beine zu kommen ... und direkt wieder wimmernd zu Boden sank.

»Du kannst so nicht los«, piepste ich und rappelte mich auf, um hilflos danebenzustehen, während dieser unvernünftige Mistkerl auf einem Fuß und zwei Händen balancierend den Kopf schüttelte und dabei fast zusammenbrach.

»Shit«, fluchte er mehrfach vor sich hin und ließ sich wieder zu Boden sinken. Ein Ächzen entfuhr ihm und sein Gesicht lief vor Schmerz rot an, selbst der Teil, der noch nicht vom Bluterguss verschandelt war.

»Ich rufe jetzt einen verdammten Krankenwagen«, beschloss ich, ohne auf seinen Protest zu hören. Mit dem Handy in der Hand verließ ich das Schlafzimmer und rief die 112, meine Stimme hatte ich nur einigermaßen unter Kontrolle.

»Marie«, rief er, kaum dass ich aufgelegt hatte. Ich stürzte wieder ins Schlafzimmer, den Puls direkt wieder auf hundertachtzig. Aron sah jämmerlich aus, wie er da auf dem Boden vor meinem Bett hing, das Gesicht grau vor Schmerz, seine Augen blinzelten gegen den Schwindel an. Ohne es zu wollen, kniete ich mich direkt wieder neben ihn.

»Kannst du mir helfen, mein Bein hochzulegen?«, presste er hervor und deutete auf seine rechte Körperhälfte. Ich zerrte eine der Kisten heran und stieß versehentlich gegen seinen Fuß ... Er heulte auf und atmete ein paar Mal gepresst durch.

»Entschuldige!« *Verdammt, wie ungeschickt konnte man eigentlich sein?*

Er reagierte nicht, legte sich nur keuchend zurück in das Kissen.

»Ich ... ich lege jetzt deinen Fuß hoch, okay?« Ich ließ sein Gesicht nicht aus den Augen, während ich mit beiden Händen seine Wade umfasste. Ich verbat mir jeden Gedanken an die definierte Muskulatur, die ich unter meinen Fingern spürte. Sein Bein war verflucht schwer, aber es gelang mir, es anzuheben und mit meinem Fuß die Kiste darunter zu schieben. Ich hörte die gequälten Laute, die Aron von sich gab und glaubte kurz, seine Schmerzen am eigenen Leib zu spüren.

»Es tut mir leid, ich ... es tut mir so leid«, stolperten die Worte aus meinem Mund. »Was soll ich tun ...?«

Er schlug die Augen auf, wieder sah ich diese Wärme darin und glaubte fast, den Versuch eines Lächelns zu erkennen. Seine Hand tastete über den Holzfußboden und wie in einem instinktiven Reflex hockte ich mich wieder hin und griff danach, hielt ihn fest, oder er mich, ich war mir da nicht so sicher.

Ein Schluchzen brach sich über meine Lippen, die Panik, die Sorge, der Schock, ... keine Ahnung, woran es genau lag.

Nur langsam fand eine leise Form der Ruhe zu mir zurück, gemeinsam mit der Erkenntnis, dass ich die schlechteste Ersthelferin des Planeten sein musste.

»Würdest du bitte meinen Eltern Bescheid geben?«, bat Aron, als mein Atem sich etwas beruhigt hatte. Ich nickte und wollte direkt losstürzen – *dass ich nicht selbst auf den Gedanken gekommen bin ...* –, als er meine Hand festhielt.

»Bitte bleib. Du könntest ... sie einfach anrufen. Okay?« Unsere Blicke trafen sich und ich fand diese ruhige Wärme darin und die aufrichtige Bitte, die er gerade ausgesprochen hatte. *Bitte bleib.*

Mit der freien Hand nahm ich mein Smartphone, das ich wohl neben mich auf den Boden geworfen hatte, und fand Hedwigs Nummer in den Kontakten. Ich atmete tief durch, während es klingelte. Ich würde mich zusammenreißen, um sie nicht zusätzlich in Panik zu versetzen, das nahm ich mir fest vor.

»Marie, Liebes, was gibt es ...?« Ein Schluchzen drang über meine Lippen und ich schimpfte mich innerlich eine Idiotin.

»Hedwig, ähm ... Aron ist von der Leiter gefallen und ich, ähm, ich habe ... einen Krankenwagen gerufen.« Ich hickste. *Na toll.* Ich hörte sie schockiert die Luft einsaugen.

»Aber er ist wach und spricht und ...« Zitternd atmete ich ein und schloss entsetzt über mich selbst die Augen.

»Ich bin sofort da«, versprach Hedwig. Ich nickte nur und unterdrückte die Tränen, da nahm Aron mir das Smartphone aus der Hand.

»Mama, es geht schon, keine Panik. Marie hat mir geholfen, wir warten jetzt auf den Krankenwagen. Würdest du den Sanitätern den Weg zeigen?«

Ich hörte Hedwig antworten und noch ein paar weitere Fragen stellen, die Aron bewundernswert ruhig beantwortete.

Dann gab er mir das Telefon zurück und besaß die Frechheit, die freie Hand hinter den Kopf zu legen, als würde er eine Pause in der Hängematte machen. Sanft strich er über meine Hand, als müsste er mich trösten und nicht andersherum.

»Du hast alles richtig gemacht«, sagte er leise, als wüsste er genau, was mir durch den Kopf ging. Wieder fanden sich unsere Blicke. Jede Berührung seiner Finger sandte nur noch mehr Hitze durch meinen Körper.

»Wenn ich vorhin nicht ... wenn wir uns nicht gestritten hätten ...«

»Schwachsinn, Marie.« Erleichtert entdeckte ich das schwache Lächeln in seinem Gesicht. »Ich bin der Idiot in dieser Geschichte, und das weißt du genauso gut wie ich. Wage es nicht, das umzudrehen.«

Ein hysterisches Lachen brach über meine Lippen, aber überzeugt war ich nicht.

Nur Minuten später kam Hedwig mit zwei Sanitätern in die Wohnung geeilt. Sie mussten ihn auf einer Liege hinaustragen, irgendetwas in Arons Bein schien absolut nicht *es geht schon* zu sein.

»Kommen Sie zurecht?«, fragte einer der Sanitäter an mich gewandt, ein schmaler junger Mann mit freundlichen Augen. Sein Blick verharrte auf meinen verheulten, geschwollenen Wangen und den zitternden Händen. Ich nickte rasch.

»Hören Sie, Ihr Freund ist ansprechbar und bei Bewusstsein. Sein Sprunggelenk hat was abbekommen, aber es wird ihm bald wieder gutgehen. Okay?«

»Ich ... was? Nein, er ist nicht ... Ja. Okay«, stammelte ich und die Sanitäter, Aron auf der Liege und Hedwig verschwanden Augenblicke später aus der Wohnung. Ich legte mir beide Hände an die Stirn und beobachtete, wie der Rettungswagen vom Hof fuhr. Kaltblaues Leuchten hatte definitiv gar nichts Besinnliches.

Wie bestellt klingelte das Smartphone in meiner Hand und ich sah Elenas Namen aufblinken. »Du glaubst nicht, was gerade passiert ist«, begrüßte ich sie.

Kapitel 11

... in dem ich dem leibhaftigen Grinch begegne.

Eine Stunde später saßen Elena und ich im Schneidersitz auf meinem Bett.

»Du siehst aus, als hättest du geweint«, stellte sie fest und musterte jede Pore meines Gesichts aus drei Zentimetern Abstand.

»Ja, verdammt«, gab ich zu. »Ich kann so was einfach nicht. Erinnerst du dich, als das Mädel neben mir im Grundlagenseminar zusammengeklappt ist?«

Elena hätte fast gelacht.

»Ja.« Sie räusperte sich. »Sorry, ich weiß, ist nicht lustig. Aber dass ausgerechnet du dabei bist, als Jakobi von der Leiter fällt ... Als würdest du Unfälle magisch anziehen.«

»Und das ist *auch* nicht lustig«, fuhr ich auf. »Er heißt übrigens gar nicht Jakobi.«

»Echt nicht? Wie dann?«

»Was glaubst du, wenn Lohmanns seine Eltern sind?« Ich rieb mir mit beiden Händen über das Gesicht. Zwar wusste ich, dass Elena mir den ruppigen Ton nicht übelnehmen würde, andererseits war mir klar, dass ich nur deshalb so schimpfte, weil sich die ganze Lage einfach dämlich anfühlte.

»Das Wunderkind der Münsteraner Geschäftswelt heißt also einfach nur Aron Lohmann? Wie ... langweilig.« Sie klang enttäuscht.

Und jetzt musste ich endgültig lachen. Eine seltsame Mischung aus Lachen, Schluchzen und Schimpfen drang aus meinem Mund und brachte Elena dazu, mich zum fünften Mal in die Arme zu schließen.

»Erzähl mir noch mal, wie er deine Hand gehalten hat.« Ich starrte sie entgeistert an. »*Das* interessiert dich am meisten? Ernsthaft?«

Elena wackelte vielsagend mit den Augenbrauen und ich konnte nicht verhindern, dass mir die Hitze über die Wangen lief. Das war wirklich ein verflucht seltsamer Tag.

»Mariechen ... Kann es sein, dass du Jakobi gar nicht so schrecklich findest, wie du immer sagst?«

Ein wissender Ausdruck lag in ihren schmal gewordenen Augen. Ich biss mir auf die Wangentaschen, damit sich kein dümmliches Grinsen auf meinem Gesicht ausbreiten konnte.

»Aron ist absolut ätzend, ich bleibe dabei«, presste ich hervor, es klang mit halb zerkauten Wangen jedoch reichlich nach Comedy.

Mich zum Weihnachtsmarktbesuch zu überreden, fiel Elena wirklich nicht schwer.

Dicht aneinandergedrängt im Getümmel der daunenbewehrten Menschenmassen nippten wir vorsichtig am heißen Glühwein, der uns dennoch die eingefrorenen Lippen versengte. Aber allein der warme, typisch dunkelblaue Becher in meinen Händen ... Wie ich diese Jahreszeit liebte.

Ich genoss die heiteren Gesprächsfetzen der anderen und den aufsteigenden Dunst, der sich im sanften Licht der Beleuchtung seinen Weg in den dunkler werdenden Himmel bahnte.

»Mmh, riechst du das?« Elenas Gesicht strahlte in etwa so, wie ich mir meines gerade wünschte.

Ein paar Strähnen ihres lockigen Haars kräuselten sich unter der Wollmütze hervor und gemeinsam mit den rot angehauchten Wangen sah sie aus wie ein Weihnachtsengel. Ich nickte.

»Zimt, Kardamom und irgendetwas ... Holziges.«

Ich sog die Luft tief ein. Woher kannte ich diesen Geruch nach einem kühlen Winterabend am Waldrand ... Meine Brust wurde eng, als mir klar war, dass ich mich an Arons Duft erinnerte, genauso deutlich und präzise wie an die Berührung seiner rauen Finger.

Unter meiner Winterjacke prickelte die Gänsehaut über meine Arme. *Verflucht noch mal.*

»Worüber denkst du nach?«, fragte Elena, als hätte sie innerhalb der letzten halben Stunde telepathische Fähigkeiten entwickelt.

Sie hakte sich bei mir unter, die Miene ein wenig zu verständnisvoll.

»Ist es Jakobi?«

»Er heißt nicht Jakobi«, erinnerte ich sie seufzend und ein triumphierendes Grinsen breitete sich über ihre Wangen aus. Sie musste die Sorge in meiner Miene erkannt haben.

»Ihm ist bestimmt nichts Schlimmes passiert. Das hat der Sanitäter doch auch gesagt, oder?«

Ich nickte und zog die Schultern an die Ohren, als wäre mir kalt.

»Ich denke nur die ganze Zeit ... Ich war so wütend auf ihn und seine scheißarrogante Art. Wir haben uns angefaucht wie zwei beleidigte Kindergartenkinder. Hätte ich ihn einfach ignoriert und nicht darauf bestanden, dass ihm sein arschiges Verhalten bewusst wird ... Na ja, dann wäre er vielleicht nicht gestürzt und im Krankenhaus gelandet.«

»Das vielleicht nicht. Aber ... versteh mich nicht falsch, aber jemand wie Jakobi, ach, sorry, Aron meine ich, brauchte womöglich mal einen Schockmoment.«

»So etwas braucht wirklich niemand, Elli.« War ich tatsächlich beleidigt, weil sie Aron angriff?

»Mariechen, ich meine das nicht böse. Aber mach den Typen jetzt nicht zu einem Heiligen, nur weil er von der Leiter gefallen ist. Erinnere dich bitte, wie er zuvor mit dir umgesprungen ist. Und was *diese* Seite an ihm angeht, kann man nur hoffen, dass ihm der Sturz wirklich gutgetan hat.«

Ich schwieg und verdaute, was sie mir sagen wollte.

»Du hast recht«, murmelte ich und ließ mich in den Arm nehmen.

Ein wenig schämte ich mich für mich selbst. Aron hatte mich herabgewürdigt, angeschnauzt und nicht vor seiner aggressiven Kollegin abgeschirmt. Er hatte mich belächelt und gewissermaßen als zweitklassig bezeichnet, wenn man an sein Verhalten im *Zuckerpöttchen* dachte. Das alles machte auch ein Sturz von der Leiter nicht ungeschehen, und Elena als meiner besten Freundin stand es durchaus zu, mich darauf hinzuweisen.

»Ich liebe dich«, murmelte ich an ihrer Schulter und ließ mich für einen kleinen Moment fallen.

Die Anspannung, die mich seit dem Augenblick gepackt hielt, als Aron gegen meinen Bettrahmen krachte, ließ nur zögerlich nach.

Ich fügte mich, als Elena mich für den restlichen Abend über den Weihnachtsmarkt schleifte, grüßte Kommilitonen und bewunderte handgemachte Weihnachtssterne und selbstgebaute Krippen in den Auslagen. Später ließ ich mich sogar dazu verführen, einen Kirschpunsch zu probieren, der mir vermutlich schon nach dem zweiten Schluck die Schuhe ausgezogen hätte.

Aber richtig genießen konnte ich den Abend nicht.

Mit leichtem Schwips schloss ich die Wohnungstür auf und versuchte ungeschickt, gleichzeitig einzutreten und meine Schuhe loszuwerden. Meine Schulter landete mit einem dumpfen Geräusch an der Ecke der Küchenzeile.

Ich fluchte leise, konnte aber nicht umhin mir einzugestehen, dass ich wohl lang auf der Nase gelandet wäre, hätte die Küchenzeile mich nicht aufgefangen. Mein Smartphone klingelte.

»Hallo?«

Ich brauchte ein paar Sekunden, um zu begreifen, dass es bereits nach einundzwanzig Uhr war und kein vernünftiger Mensch um diese Zeit anrufen würde.

»Hi Marie, hier ist Aron.« Ich seufzte unwillkürlich, hatte ich doch den ganzen Abend versucht, meine Gedanken von ihm fernzuhalten.

»Okay, die Begrüßung habe ich wahrscheinlich verdient.«

»Wie geht es dir?«, fragte ich leise, als müsste ich auf jemanden in meiner stillen Wohnung Rücksicht nehmen. Keine Lampe leuchtete, nur meine Lichterkette war über die Zeitschaltuhr längst angesprungen.

»Ach, es geht schon. Ein Band im Sprunggelenk ist durch, deshalb konnte ich nicht aufstehen, also, kann ich immer noch nicht. Und mein Gesicht sieht aus, als hätte ich eine Hauptrolle in *Fightclub*, aber sonst ...«

Ich hörte die Ironie und musste leise lachen. »Dann konnten die Ärzte dich also davon abhalten, zur Arbeit zu gehen.«

»Da würde mich keiner haben wollen, so wie ich gerade aussehe. Wenn Cheyenne mich in die Finger kriegt, kratzt sie mir zusätzlich die Augen aus.«

»Mit *den* Fingernägeln ganz bestimmt.«

Jetzt lachte er.

Eine prickelnde Wärme schoss durch meinen ganzen Körper. *Verdammt.*

»Ich brauche definitiv jemanden, der auf mich aufpasst.«

Mein Herz raste. Er erwartete eine Antwort – *sollte das etwa eine Frage sein?*

»Ähm, hör mal, Aron, ich bin gerade leicht angeschickert vom Weihnachtsmarkt zurückgekehrt und kann dir nicht so ganz folgen.« Langsam tappte ich im Halbdunkeln durch die Tür zum Schlafzimmer.

»Na, umso besser«, sagte er und ich hörte sein Grinsen förmlich durchs Telefon. »Mama holt mich morgen früh auf den Hof. Sie will mich nicht alleine in meine Wohnung lassen, hat wohl Angst, dass ich wieder aus den Latschen kippe.«

»Ich kapier's immer noch nicht.« *Doch,* widersprach eine ehrliche Stimme in meinem Hinterkopf und begann mit den innerlichen Partyvorbereitungen. *Du verstehst genau, was er meint.*

»Würdest du morgen auf mich aufpassen, Marie? Mama will mich nicht unbeaufsichtigt lassen.« Ich versuchte, mein benebeltes Hirn auf Zack zu bringen, und scheiterte kläglich. *Verarscht er mich?*

»Verarschst du mich?«

Wieder dieses Lachen. »Ich wünschte, es wäre so.«

»Ich habe morgen frei.«

»Deswegen frage ich dich ja. Mama hat es mir erzählt. Sie muss auf den Markt und konnte so schnell keine Vertretung finden. Bitte. Sonst muss ich im Krankenhaus bleiben.«

»Was ist mit deinem Vater?«

»Der kümmert sich um den Hof.«

»Und Opa Kalle?«

»Ist das dein Ernst?« *Okay, nein, ist es nicht.* Nicht wirklich. Ich seufzte.

Eine andere innere Stimme, die verdächtig nach Elena klang, schimpfte, dass ich mal wieder zu gutmütig war.

»Na gut. Aber nur, wenn ich meine Einhörner mitbringen darf.« Ein gequältes Stöhnen. Ich grinste.

»Na, dann bis morgen.« Ich wollte schon auflegen, als er weitersprach.

»Marie? Ich wollte mich noch bei dir bedanken.« Er klang reichlich zerknirscht und ich musste daran denken, was Elena gesagt hatte. Dass ihm der Sturz vielleicht auf eine seltsame Art gutgetan hatte.

»Ach ja? Dann merke dir bitte genau diese unterwürfige, dankbare Haltung, bis wir uns morgen sehen.«

»*Unterwürfig*? Das wird nicht passie- ...« Aber ich hatte schon aufgelegt.

Ich schlief erstaunlich ruhig in dieser Nacht und als ich mit Blick auf die leuchtenden Weihnachtseinhörner erwachte, überkam mich das Gefühl, der Tag würde schöner werden, als das Wetter andeutete.

Die Tauben ließen sich heute nicht blicken und ich konnte nur hoffen, dass sie nicht Opa Kalles Gewehr zum Opfer gefallen waren. Vielleicht hatten sie auch einfach keinen Bock auf eisigen Nieselregen, was ich ihnen nicht verdenken konnte.

Pünktlich um acht stand ich vor der Tür des Haupthauses und klingelte.

»Ist offen!«, brüllte jemand von drinnen und ich entdeckte den Schlüssel, der von außen steckte. *So etwas kann man sich nur auf dem Land erlauben,* dachte ich und nahm den Schlüssel mit hinein.

Aron lag auf dem Sofa neben dem knisternden Kaminfeuer, ein dickes Kissen unter dem Kopf und ein weiteres unter dem Fuß. Seine Wange sah verheerend aus.

»Kein Grund, so angewidert zu schauen«, murrte er.

»Ich schaue nicht angewidert«, erklärte ich und hätte mir am liebsten auf die Zunge gebissen. Aron grinste, als wüsste er genau, dass ich ihn gar nicht angewidert anschauen *konnte*. Arroganter Arsch.

»Wolltest du dich nicht noch bei mir bedanken?« Ich verschränkte die Arme und blieb vor ihm stehen. Ich würde mich bestimmt nicht schmachtend neben sein Sofa knien, beschloss ich. Die Stimme in mir, die nach Elena klang, brach in frenetischen Applaus aus.

»Soll ich es jetzt tun oder hättest du es lieber später?« Er wackelte vieldeutig mit den Augenbrauen. *Nochmal arroganter Arsch.*

»Also, wenn ich nicht alleine aufstehen könnte und auf jemanden angewiesen wäre, um zum Klo zu kommen ..., dann wäre ich besonders freundlich zu dieser Person«, murmelte ich gehässig und ließ mich auf das Sofa gegenüber fallen.

»Punkt für dich«, seufzte er und seine Lippen verzogen sich zu einem schiefen Grinsen.

Die Tür schwang auf und Hedwig kam hereingewirbelt. Sie trug eine hübsche, blaugemusterte Schürze mit dem Schriftzug *Lohmann-Hof Münster* darauf gestickt.

»Oh Marie, du bist ja schon da. Danke, dass du schon wieder einspringst ...«

»Kein Problem«, sagte ich sofort. Ich stand auf und nahm ihr die frischen Kühlkompressen aus der Hand. Hedwig hatte mein Herz im Sturm erobert. Und für ihren sturen Esel von einem Sohn konnte sie schließlich nichts. Na ja, zumindest war sie nicht allein für seine Art verantwortlich.

Ich konnte nur hoffen, dass sie nie herausgefunden hatte, dass ihr Sohn das Ekel war, das ich in ihrem Beisein als *König der Schnösel* bezeichnet hatte.

»Aron wird sich benehmen und dir *nicht* das Leben schwer machen.« Sie warf einen strengen Blick über die Sofalehne und ich brach mir fast die Rippen, als ich versuchte, angesichts Arons fassungsloser Miene nicht laut loszuprusten. Er seufzte theatralisch, bevor er nickte.

»Er wollte einfach nicht im Krankenhaus bleiben und ich konnte mich nicht überwinden, ihn allein in seiner Wohnung zurücklassen ...«

Sie senkte die Stimme zu einem Flüstern. »... bevor noch diese schnittige Furie in ihren Gucci-Tretern dort auftaucht und Aron in seinem Zustand in diesen Laden zerrt.«

»Oh, ich glaube, ich weiß genau, wen du meinst«, gab ich zurück und konnte mir das Grinsen erst recht nicht mehr verkneifen.

»Ich komme gegen sechzehn Uhr zurück. Ruf mich auf jeden Fall an, falls ... irgendetwas ist.« *Falls dir der Kragen platzt,* meinte sie wohl.

Ich nickte.

Kapitel 12

... in dem ich meine Meinung abgebe und Mitleidskekse zurückbekomme.

»Könntest du mir Kekse aus dem Schrank holen?«, fragte Aron, sobald Hedwig die Tür geschlossen hatte. »Im Vitrinenschrank oben rechts sind Mandelplätzchen versteckt.«

»Könnte ich. Aber Opa Kalle hat sie schon gefunden«, erwiderte ich und reichte dem Patienten seine Kühlkompressen, eine für das Gesicht, eine für den Fuß.

»Meistens denkt er daran, sie zurückzulegen, damit ich auch welche bekomme.« Etwas in seiner Miene ließ mich so weich werden, dass ich nachsehen ging. Falls es Aron überraschte, dass ich das Schlüsselversteck kannte, zeigte er es nicht.

Tatsächlich waren noch Plätzchen da. Ich nahm sie heraus und blieb einen Meter vor Aron damit stehen, gerade außerhalb seiner Reichweite. Er streckte die Hand aus, registrierte, dass er nicht an die Tüte herankam, und fing mit düsterer Miene meinen Blick ein.

Ich zog die Augenbrauen hoch, eine ungewohnte Art der Hitze kroch über meine Wangen.

»Willst du, dass ich darum bitte, Marie?«, fragte er und etwas Anstößiges schlich sich in seine Stimme. Ich schluckte die aufkeimende Hitze in mir hinunter. Zur Antwort legte ich nur den Kopf schief. Sein Blick wurde so intensiv, so herausfordernd, dass sich die Härchen auf meinen Armen aufstellten.

Da klingelte sein Smartphone und unterbrach den Moment. Ich bemerkte erst jetzt, dass ich die Luft angehalten hatte. *Was zur Hölle, an die ich nicht glaube, ist nur wieder mit mir los?*

»Hi Cheyenne.«

Alles an seinem Tonfall war kalt geworden. Jeder Witz, jeder Flirt war augenblicklich daraus verschwunden und wer wollte es ihm verdenken? Sogar mir lief ein Schauder über den Rücken, als ich das Echo ihrer keifenden Stimme hörte.

»Ja, sorry, dass ich den Sturz nicht an deinen Terminkalender angepasst habe.«

Das war genau der beißende Tonfall, mit dem ich Aron kennengelernt hatte.

»Cheyenne, ich ...« Er verdrehte die Augen.

»Cheyenne.«

Er hielt das Smartphone einige Zentimeter vom Ohr weg.

»Bist du fertig? Ich kann es nicht ändern, klar? Ich kann nicht laufen und mein Gesicht willst du bestimmt nicht vor den Kunden zeigen. Außer du brauchst einen neuen Rausschmeißer oder so.«

Wieder hielt er das Smartphone vom Ohr weg.

»Ja, verdammt, glaubst du, das wüsste ich nicht? Mir wäre es auch lieber, das wäre nicht passiert – was? Ach so. Ich bin von einer Leiter gefallen und etwas unsanft gelandet.«

Stille.

»Ich habe etwas aufgehängt«, gestand er. Alles in mir zog sich zusammen, als ich daran dachte, dass es *meine* Lichterkette war, die zu Arons Unfall geführt hatte.

»Eine Lichterkette. Wieso ist das verdammt noch mal wichtig? Ich habe noch ein Leben außerhalb des Ladens und in diesem Leben werde ich ja wohl entscheiden dürfen, eine Lichterkette aufzuhängen.«

Er schloss genervt die Augen und in der Stille hörte ich Cheyenne fauchen. Einzelheiten drangen an meine Ohren, *die Investoren, das Weihnachtsgeschäft, Ausfallzeiten, deine Einstellung ...*

Aron beruhigte sich ein wenig. Den Nacken auf die Sofalehne platziert, die Hand in sein sonst so ordentliches Haar gewühlt, dachte er nach.

»Okay, Folgendes«, sagte er. »Ruf Sabrina an und bitte sie, auf ihre Urlaubswoche zu verzichten. Sei verdammt noch mal freundlich und gib ihr etwas dafür. Ein Sondergehalt oder so. Sie kann meine Stunden im Laden übernehmen. Und dann ... rufst du Yasin Demirkan an, den

Typen, der letztes Jahr das Praktikum bei uns gemacht hat, erinnerst du dich? Ja, genau der mit der fiesen Frisur. Der hatte richtig was drauf, was die Logistik und auch die Großkunden angeht. Wenn er einverstanden ist, übernimmt er meine Aufgaben außerhalb des Ladengeschäfts. Ich werde ihn am Telefon einarbeiten.«

Cheyennes Stimme klang irgendwie nicht danach, dass Yasin Demirkans Einverständnis sie interessierte, solange sie selbst keins aufbringen konnte.

»Versuch es doch erst mal«, maulte Aron. »Wie gesagt, ich kann es nicht ändern. Auf mich wirst du eine Zeit lang verzichten müssen.«

Sie legten auf und ich hatte das Gefühl, dass Aron mehr als erleichtert darüber war.

»Mitleidskekse?«, bot ich an und warf ihm die Tüte rüber.

»Ich hasse die Weihnachtszeit«, murmelte Aron und fischte sich ein Mandelplätzchen aus der Packung. Ich starrte ihn an, wollte nicht glauben, was er da gerade ausgesprochen hatte.

»Das ist nicht dein Ernst.«

»Und ob. Die schlimmste Zeit des Jahres. Schau mich nicht an, als hätte ich das Jahrtausendsakrileg begangen. Es reicht, wenn Cheyenne mir das vorwirft.«

»Meine Güte – du bist der Grinch!«

Soweit es möglich war, verfinsterte sich sein Gesicht noch weiter.

»Jetzt mal ehrlich«, fuhr ich fort. »Wie kann man denn die Weihnachtszeit hassen? All die Lichter, gemütliche

Stunden vor dem Kamin, besinnliche Stimmung ... Es ist die Zeit, in der wir alle das Gute in uns finden.«

»Schwachsinn«, murmelte er sofort und ich war ein wenig beleidigt. »Arbeite mal während der Weihnachtszeit im Handel. Dreißig Prozent des Jahresumsatzes in sechs Wochen bedeuten in erster Linie Stress, Aufwand, Hektik, schlecht gelaunte Menschen und Mitarbeiterausfall, weil sich im Winter ständig jemand erkältet.«

»Warum arbeitest du dann nicht woanders?«

»Das ist nicht so einfach«, präsentierte er die vageste Antwort in der Geschichte der Menschheit.

»Doch ist es.«

Ich verschränkte die Arme und sah ins Feuer. Ob die knisternden Flammen mich beruhigten oder aufwühlten, konnte ich nicht sagen.

»Du verstehst das nicht«, entgegnete er kopfschüttelnd.

Mein Blick funkelte wütend zu ihm hinüber.

»Ach, weil ich nur eine einfache Kellnerin bin? Kommt jetzt wieder der Hinweis, dass du dich in besseren Gesellschaftsschichten bewegst, wo der normale Menschenverstand nicht gilt?«

Aron stemmte sich in eine sitzende Position hoch, vielleicht brauchte er das Gefühl, nicht zu mir hinauf sehen zu müssen.

»So habe ich das nie gemeint, Marie.«

Schwachsinn, dachte ich bei mir und fuhr fort, ohne mich zu bremsen.

»Meine Eltern glauben, dass man nur etwas wert ist, wenn man zur Bildungselite gehört. Ich habe mich an alles angepasst, was jemals von mir erwartet wurde, habe mein Abitur als Jahrgangsbeste gemacht und mit Physik einen der anspruchsvollsten Studiengänge Deutschlands belegt. Ich bin mit Leichtigkeit durch jede einzelne Prüfung gegangen. Aber weißt du was?«

Ich legte eine winzige Kunstpause ein.

»Nichts davon hat mich erfüllt. Es hat eine ganze Weile gedauert, bis mir klar wurde, dass mein Leben zwar meine Eltern glücklich machte, aber nicht mich. Also habe ich mir eine Wohnung gesucht und nur die Dinge mitgenommen, die mich glücklich machen – ja, auch die Einhornlichterkette. Ich habe mein Studium geschmissen, um meiner Familie einen Denkzettel zu verpassen. Aber dann habe ich mich nicht mal getraut, meinen Eltern davon zu erzählen.«

Ich schnappte kurz nach Luft, aber es beruhigte mich nur wenig.

»Und trotzdem bin ich überzeugt, dass diese Entscheidungen richtig waren und wichtig, damit ich meinen eigenen Weg finde. Also erzähl mir nicht, dass ich es nicht verstehen würde, wenn man mit einer Situation unglücklich ist. Du kannst doch gar nicht wissen, *wie sehr* ich es verstehe, weil du mich von Beginn an nur danach beurteilt hast, was du sehen *wolltest*.«

Mein schneller Atem pumpte durch meine Brust und ich registrierte jetzt erst, wie sehr ich mich in Rage gesprochen hatte.

»Man kann immer etwas ändern«, schloss ich kaum ruhiger und ließ mich mit roten Wangen wieder in die

Sofakissen sinken. Aron warf mir die Plätzchenpackung zu.

»Mitleidskekse zurück«, sagte er und ein schiefes Lächeln zog sich über seinen Mund bis zu der komplett blaugrün angelaufenen rechten Gesichtshälfte.

Kapitel 13

Von Hitze, Schock und noch mal Schock.

Ich nahm mir ein Plätzchen und knabberte auf der süßen Mandelverzierung herum, während wir in Schweigen verfielen. Entweder hatte mein Vortrag ihm die Sprache verschlagen oder er wollte nicht mit mir über dieses Thema sprechen. Aus welchen Gründen auch immer.

»Es tut mir leid«, sagte er stattdessen. Er wuchtete seinen bandagierten Fuß auf den Tisch statt auf die Lehne und setzte sich aufrechter hin. »Ich habe dich nie als ... minderwertig oder so etwas betrachtet.«

»Ach ja?«, fauchte ich zurück, ohne seine Ruhe zu beachten. Ich konnte gerade nicht runterfahren und klatschte ihm meine Wut ungebremst ins Gesicht.

»Was ist mit *Pass auf, wo du deinen Straßendreck hinwirfst. Typisch Studenten*? Oder mein Lieblingssatz *Wenn Sie jemals dort ankommen wollen, dann müssen Sie mit ekelhaften*

Leuten wie mir umzugehen lernen. Ganz abgesehen von allen möglichen kleinen Gemeinheiten, mit denen du in der Galerie so um dich wirfst.«

»Du hast ... ein gutes Gedächtnis.«

»Oh wow, war das jetzt ein Kompliment?«

Betreten musterte er seine Hände, die auf der Decke über seinen Beinen lagen. Er sah wirklich schuldbewusst drein, aber ich würde es ihm nicht leichter machen. Nicht bevor er einsah, als was für ein *Arsch* er sich gelegentlich aufführte.

»Es tut mir leid«, wiederholte er.

»Oh, da fällt mir doch glatt noch einer ein: *Deine Entschuldigung hilft mir jetzt auch nicht.*« Ich ahmte sein affektiertes Seufzen ziemlich genau nach, das er von sich gegeben hatte, nachdem ich seinen Ärmel mit Cappuccino befleckt hatte.

Ich spürte, dass ich selbst ekelhaft wurde, aber es war mir egal. Viel schlimmer war das aufgeregte Pochen in meiner Brust, das ich in seiner Gesellschaft empfand und das wirklich nicht da sein sollte. Ich sollte ihn nicht attraktiv finden. Ich sollte mich nicht um ihn kümmern wollen, auch wenn ich ein schlechtes Gewissen wegen seines Sturzes hatte.

»Was die Sache mit dem Straßendreck angeht ...«, begann Aron leise und ohne mich anzusehen. »Ich stand an dem Morgen mit einem unserer wichtigsten Investoren zusammen dort. Vielleicht erinnerst du dich an ihn, ein wohlhabender Mistkerl, der auf mistkerlhaftes Verhalten Wert legt. Das soll nicht die Entschuldigung sein. Aber ...

irgendwie bin ich im Laufe der Jahre in meinem beruflichen Kontext immer tiefer in diese Verhaltensmuster reingerutscht. Den Investoren das zu geben, was sie wollen, damit sie meinen Laden groß machen. Jedes Mal, wenn ich nach Hause komme, also hierher, dann erkenne ich mich als *Jakobi*-Gründer nicht wieder. Es tut mir leid, dass ich dich beschimpft habe und werde mich bemühen, diese Art Arschlochverhalten zu unterlassen.« Erst jetzt sah er mich an, aber ich hielt seinem Welpenblick stand.

»Was den Kommentar im *Zuckerpöttchen* angeht ... Ich habe gedacht, du wärst nur wieder eine von denen, die sich in diese funkelnde Luxuswelt vergucken, ohne den Preis zu sehen, den man dafür zahlt. Ich ... wollte dir damit die Abgründe zeigen, die hinter der hübschen Fassade lauern, damit du nicht darauf hereinfällst. Aber da habe ich dich und dein eigenes Urteilsvermögen wohl falsch eingeschätzt und ich gebe dir recht, dass auch dieser Kommentar arschig war.«

Wieder trafen sich unsere Blicke und ich spürte sogar körperlich, wie ich weich wurde.

»Kannst du mir verzeihen?«, fragte er und ich forschte in seinem Blick nach der leisesten Spur von Belustigung, die aber nicht dort war.

»Was ist es, das dich zum Arschloch macht, sobald du den Hof verlässt?«, fragte ich, anstatt ihm zu verzeihen.

Er presste die Lippen zusammen und musterte mich mit so intensivem Blick, dass ich nachgeben wollte, ihm verzeihen wollte ... Aber ich verstand es einfach nicht – die Hilfsbereitschaft auf dem Hof und das arrogante Arschlochverhalten in der Galerie. Als wären Aron Lohmann und Ekel-Jakobi tatsächlich zwei Personen.

»Würdest du mir ein Glas Wasser holen?«, fragte er irgendwann. Der Gedanke, dass ich ihn fast genauso bediente wie im *Zuckerpöttchen*, kam mir erst, als ich das volle Glas schon in der Hand hatte und vor ihm stand.

»Danke«, murmelte er und streckte die Hände aus. Mit der einen nahm er mir das Glas ab, mit der anderen umfasste er mein Handgelenk. Mein Herz setzte einen Schlag aus, als er das Wasser unangetastet auf den Tisch stellte, mich aber nicht losließ.

»Kannst du mir verzeihen, Marie?«, fragte er noch einmal, als ich zögerte. Vielleicht spürte er, dass ich kurz davor war, ihm meinen Arm zu entziehen.

»Ich würde es gern verstehen.« Mit flatterndem Herzen beobachtete ich, wie sein Daumen über meinen Puls fuhr.

»In Ordnung«, murmelte er und ließ mich los. Die Haut an meinem Handgelenk fühlte sich sofort kühl an, als vermisste sie Arons Wärme. Ich war frei zu gehen, wenn ich wollte. Ein wenig verloren stand ich direkt neben ihm, meine Knie berührten das Sofa, auf dem Aron saß und mich aufmerksam musterte.

Ich würde keine Erklärung bekommen, verstand ich. *Nicht heute.* Vielleicht vertraute er mir genauso wenig wie ich ihm. Zu wenig, um mir von diesem Geheimnis zu erzählen. Langsam setzte ich mich neben ihn. Unsere Schenkel berührten sich zwangsläufig, denn viel Platz gab es nicht.

»Und für mich ist es in Ordnung, wenn du nicht jetzt darüber sprechen willst«, presste ich hervor und spürte die Hitze auf meinem Gesicht, die ich mit aller Macht zu unterdrücken versuchte.

Seine Hand strich über meinen Hals und den Ansatz meines Kieferknochens, sodass ich ihm mein Gesicht zuwandte.

»Ich weiß ja nicht, wie es dir geht, aber jetzt gerade ...«, raunte er, »will ich absolut gar nicht sprechen.«

Der Kuss durchdrang jede Faser meines Seins bis in mein Innerstes. Die sanfte Berührung seiner Lippen rauschte als knisternder Strom durch meine Adern und als ich die Lippen teilte und seine Zunge einließ, entfuhr mir ein leises Keuchen. Gierig verschlang er den Laut, ich lehnte mich ihm entgegen, warf alle Bedenken über Bord. Mein Kopf war leer, genoss nur diesen Moment, die harten Bewegungen seiner Zunge an meiner, das tiefe Grollen, das ihm entfuhr, wenn ich an seiner Lippe knabberte.

Ich vergrub meine Finger in den kurzen Haaren seines Hinterkopfs, spielte mit den weichen Strähnen und legte noch mehr in diesen Kuss hinein, schmeckte ihn, gab mich hin. Er berührte mein Gesicht, streichelte jeden Zentimeter meiner Haut, dann wanderten seine Finger von meinem Nacken weiter hinab, zogen eine brennende Spur über meine Wirbelsäule.

Ich drückte den Rücken durch, drängte mich atemlos an Aron heran. Erst als ich seine Wange berührte und er ganz leicht zusammenzuckte, so als hätte er noch versucht, diese Regung zu unterdrücken, zog ich mich von ihm zurück.

In seinen Augen funkelte derselbe Hunger, der in meinen Adern hämmerte. Aber er war verletzt, erinnerte ich mich. Er war gerade erst aus dem Krankenhaus entlassen worden.

»Solltest du dich nicht schonen?«

Seine Hände drückten mich umso fester an ihn, hielten mich an seiner Brust, mein Gesicht nur Zentimeter vor seinem, unser Atem vermischte sich.

»Das tue ich doch«, raunte er und hauchte eine Reihe von Küssen meinen Hals hinab. Ich konnte einfach nicht widerstehen, fühlte mich außerstande, aus dieser neuen Art der Wärme zurückzuweichen ...

Die Haustür fiel scheppernd ins Schloss, Schritte kamen den Flur entlang auf das Wohnzimmer zu.

Kapitel 14

… in dem ich endlich eine Wahrheit ausspreche.

Wie der Blitz sprang ich vom Sofa, zupfte mein Shirt und meine Haare zurecht und überlegte gerade, mit einem Hechtsprung auf das gegenüberliegende Sofa zurückzukehren, als die Tür schon aufging.

»Danke«, drang Arons Stimme an mein Ohr. Sie klang kühl und gleichgültig wie zuvor, und ich bemerkte, dass er das Wasserglas wieder in der Hand hielt. Man könnte meinen, ich hätte es ihm gerade eben gereicht. Als hätte er die Zeit zurückgedreht, als hätte es die letzten Minuten nie gegeben.

Kurz fragte ich mich, ob es so sein würde. Dass wir beide diese seltsame Hitze zwischen uns vergessen würden. Aber in seinen Augen funkelte noch immer ein viel zu offensichtliches Feuer, das mir direkt wieder die Röte auf die Wangen trieb.

»Oh Marie, du bist viel zu lieb zu ihm. Verhätschelt zu werden hat er schon immer gemocht, lass es ihm bloß nicht durchgehen«, kommentierte Hedwig, die in ihrer Schürze hereinkam, die Wangen noch von der Kälte auf dem offenen Markt angehaucht. Sie hatte ganz offensichtlich keine Ahnung, was sie hier gerade unterbrochen hatte.

Aron schnaubte empört und ich nutzte die Gelegenheit, in die Küche abzutauchen, als hätte ich dort irgendetwas Wichtiges vergessen.

Ach du Scheiße – was zur Hölle, an die ich nicht glaube, tue ich hier eigentlich?

Mit Hedwig war die Wirklichkeit in das Wohnzimmer zurückgekehrt wie ein kalter Luftzug zwischen den Lichtern des Weihnachtsmarktes. Völlig planlos stand ich in der Küche und überlegte fieberhaft, wie ich mich so schnell wie möglich in Luft auflösen könnte.

»Magst du noch bleiben, Liebes, und mit uns Kaffee trinken?«, rief Hedwig und ich hörte, wie sie irgendetwas im Wohnzimmer hin und her räumte.

Ja. Auf keinen Fall. Vielleicht. Keine Ahnung.

»Oh ähm ... Ich muss dringend mal meine Eltern anrufen. Gern ein anderes Mal«, fabulierte ich und verschwand rasch im Flur, in der Hoffnung, dass sie meine verwuschelten Haare und das hochrote Gesicht nicht bemerkt hatte.

»Hey, Marie«, rief mich Arons Stimme zurück und ich warf einen letzten, vorsichtigen Blick durch die Wohnzimmertür.

»Danke fürs Verhätscheln.«

Er zwinkerte und ich schloss rasch die Augen und drehte mich weg, damit niemand das breite, leicht verrückte Grinsen in meinem Gesicht sehen konnte.

Draußen dämmerte es bereits. Im warmen Schein der Laternen, Windlichter und Lichterketten, die Hedwig rund um den Hof aufgehängt hatte, balancierte ich um die Schlammpfützen herum zu meiner Wohnungstür. Dort angekommen, blieb ich für einen winzigen Moment stehen, erlaubte mir, den frischen, holzigen Geruch des Hofs in mich aufzunehmen und die Lichter bis in mein Herz scheinen zu lassen. Der Wind strich kühl über meine erhitzten Wangen und brachte ein bisschen Realität in mein völlig verwirrtes Hirn zurück.

Noch immer sah ich Arons Gesicht ganz nah vor mir, spürte seinen Atem auf meiner Wange und schmeckte ihn auf meiner Zunge. *Doch, das alles ist wirklich passiert,* überlegte ich, während zugleich ein schrilles Warnsignal hinter meiner Stirn aufheulte.

Den Rest des Tages verbrachte ich damit, meine Wohnung endlich weiter einzurichten. Ich war zwar nicht gerade scharf darauf, Kisten zu schleppen und Schränke auszuputzen, aber da die Alternative bedeuten würde, in Dauerschleife über einen verbeulten, arroganten Typen und seine verdammt geschickte Zunge nachzugrübeln, hielt ich mich lieber mit der Wohnung beschäftigt.

Im Laufe der Stunden kühlte ich runter. Mit Verstand über diesen halben Tag bei Aron nachzudenken, beruhigte mich allerdings nur bedingt. Wie dumm war ich eigentlich, jetzt die rosarote Brille aufzusetzen, als hätte sich die Welt um hundertachtzig Grad gedreht?

Vor wenigen Tagen noch war Aron unsäglich mit mir umgesprungen und heute saß ich neben ihm auf dem Sofa und tauschte heiße Küsse mit ihm? Ich atmete tief durch und faltete den viertletzten Umzugskarton auseinander, um ihn zur Seite zu legen.

Hatte ich mich von Aron übertölpeln lassen? Eine einfache Eroberung direkt am Krankenbett. Würde er damit vor seinen Freunden angeben?

Mein Gefühl behauptete: *Nein.* Meine fiese Ader behauptete: *Der hat doch gar keine Freunde.* Mein Herz sagte: *Das kann ich nicht überleben!!!*

Na toll.

Ich war froh, dass Elena später am Abend vorbeischaute. Sie hatte sich Henricks Auto geliehen und sich die Radtour durch den Schneeregen erspart. Eigentlich wollte sie mir mit der Kücheneinrichtung helfen – allerdings war die schon fertig. So fleißig konnte ich also sein, wenn ich versuchte, meine Gedanken von einem gewissen gutaussehenden Grinch fernzuhalten.

Wir verbrachten den Abend auf meinem Sofabett, schauten *Coming home for Christmas* und brüllten vor Lachen über den fabelhaften Benjamin Hollingsworth in der Rolle des Mike.

»Und ... wie geht es Aron?«, fragte Elena, als der Abspann über den Laptopbildschirm wanderte. Ich seufzte und ließ den Kopf in das Kissen auf meinem Schoß fallen.

»Er hat sich entschuldigt.« Meine Stimme klang dumpf. Ächzend kam ich wieder hoch, weil mein Rücken diese Dehnübung gar nicht witzig fand.

Elena nickte anerkennend. »Und du ...?«

Ich seufzte. »Ich verstehe es einfach nicht. Und Aron wollte es nicht erklären.« Meine Gedanken wanderten zu dem, was danach passiert war. Hitze schoss in meine Wangen.

»Wir haben uns geküsst«, murmelte ich, völlig aus dem Zusammenhang. Elenas Augen leuchteten.

»War er gut?«

Ich vergrub seufzend das Gesicht in meinen Händen.

»Ja ...«

Elena quietschte entzückt. »Du bist verliebt«, stellte sie fest.

»Ich ... ja«, gab ich zu. »Aber ich bin mir überhaupt nicht sicher, ob es klug ist, mich in ihn zu verlieben.«

»Aber zum Glück geht es nicht darum, ob es klug ist«, meinte Elena und zuckte fröhlich die Achseln.

Am Ende des Abends hatte ich also trotz aller Vorsätze doch gegrübelt, viel zu lange sogar.

Es war kurios, dass Elena plötzlich für Aron Partei ergriff statt gegen ihn und ich diejenige war, die mehr denn je an ihm zweifelte. Elena verabschiedete sich kurz vor Mitternacht und als ich die Tür hinter ihr schloss, glaubte ich immer noch, einen riesigen Fehler begangen zu haben, in dem Augenblick, als ich Arons erste Berührung an meinem Handgelenk nicht nur akzeptiert, sondern genossen hatte.

Die Innenstadt war restlos überfüllt mit eingemummelten Menschen. Mit dem Fahrrad war kein Durchkommen, sodass ich die letzten drei Straßen und über den Prinzipalmarkt schieben musste. Was auf dem Weihnachtsmarkt auf der anderen Seite der Arkaden los war, wollte ich mir nicht einmal vorstellen.

Die Dämmerung hatte noch nicht begonnen, kein einziges Weihnachtslicht leuchtete vor dem schwarzen Himmel. Nein, es war helllichter Tag, die Massen drängten sich trotzdem durch die Straßen und Geschäfte und ich musste an Arons Worte denken, als ich in ihre Gesichter schaute: *Stress, Hektik, schlecht gelaunte Menschen.* Sofort vertrieb ich seine raunende Stimme aus meinen Gedanken.

Pünktlich erreichte ich das *Zuckerpöttchen,* allerdings hatte Sonja das Café heute offenbar früher geöffnet. Alle Tische waren längst besetzt und das Tempo, in dem Sonja durch die Reihen flitzte, sagte mir, dass dieser Tag verdammt anstrengend werden würde. Ich warf meine Jacke in den Nebenraum und band die Schürze um. Sonja wies mir die Tische zu, die ich übernehmen sollte, und ich machte mich direkt ans Werk.

Innerlich betete ich an den nicht existenten Gott, dass heute einmal nichts schiefgehen mochte. Wenigstens konnte *Jakobi* nicht auftauchen. Ob mir das wirklich ein Trost war, konnte ich nicht in Worte fassen.

Gleich dreimal fiel mir im Laufe des Vormittags Besteck vom Tablett, doch immerhin verletzte ich niemanden und das Scheppern ging in der allgemeinen Lautstärke sowieso unter. Ich begann, an das Wunder zu glauben, dass ich diesen Tag ohne Drama überstehen könnte. Doch als ich an den Tisch ganz hinten rechts trat und den beiden Damen mittleren Alters die Karten reichte, wurde ich eines Besseren belehrt.

»Marie?«

Ich öffnete wie in Zeitlupe den Mund ... und schloss ihn wieder. »Hi Mama.«

Es stand so ein riesiger Berg an Unausgesprochenem zwischen uns.

Angefangen von dem üblichen Streit über die Weihnachtsdekoration, die Mama zu Hause nicht erlaubte, weiter über ihre krankhafte Begeisterung für mein Studium, bis hin zu meiner neuen Wohnung, die ich mir klammheimlich hinter ihrem Rücken organisiert hatte. Und nichts davon hatte ich jemals wirklich erklärt. Stattdessen war ich abgehauen und hatte sie in jeglicher Hinsicht ausgeschlossen. Das schlechte Gewissen klopfte mir plötzlich bis zum Hals und mein Mund wurde ganz trocken.

»Hallo Andrea«, wandte ich mich mit leiser Stimme an Mamas Freundin, die ich seit frühester Kindheit kannte.

»Was *machst* du hier, Marie?«, fragte Mama und riss mir die Speisekarten aus der Hand, als könnte ich mich daran vergiften.

»Ich arbeite hier«, gestand ich und konnte das Piepsen nicht verhindern, das statt meiner normalen Stimme aus meinem Mund drang. Mama legte die Fingerspitzen beider Hände an ihre Stirn, eine absolut typische Geste für sie, so akkurat und symmetrisch wie eine Mathematikaufgabe.

»Was soll das heißen, du arbeitest hier?« Ihre Stimme wurde lauter, nahm Fahrt auf und ich war plötzlich sehr froh über die wuselige Atmosphäre im *Zuckerpöttchen*.

»Ich arbeite hier als Kellnerin«, räumte ich ein und stapelte etwas von dem gebrauchten Geschirr, das noch von den vorherigen Gästen stammte, auf mein Tablett. Ich sah Mama nicht in die Augen, in der Hoffnung, dass sie sich von allein beruhigte.

Stattdessen packte sie meinen Arm, als wollte sie mir das Tablett aus den Händen reißen.

»Mama, nicht.«

Rasch stellte ich das Tablett ab, bevor doch noch etwas zu Bruch ging.

»So ein Unsinn, Marie. Du musst nicht arbeiten, Papa und ich finanzieren dich doch, damit du in Ruhe studieren und vorankommen kannst. Du bekommst genug Geld und wenn du mehr brauchst, kannst du uns doch fragen! Verrätst du mir bitte, was das hier soll?«

Sie nickte zu meiner leicht bekleckksten Schürze hin, als wäre sie ein kaum zu ertragendes Schandmal. Ihr Blick zuckte zu Andrea hinüber und ich verstand: Es war ihr unangenehm. Als würde es sie beschämen, dass ihre Tochter hier als Kellnerin arbeitete.

»Ich komme nächstes Wochenende vorbei«, bot ich an. »Und ... erkläre es.«

Ein flehender Unterton lag in meiner Stimme, den Mama gekonnt ignorierte. Andrea studierte absichtlich konzentriert die Speisekarte, die Mama auf den Tisch gepfeffert hatte.

»Ganz sicher nicht, Marie. Ich weiß genau, dass nächste Woche die mündlichen Prüfungen bei Professor Hillbrand anstehen. Du kannst doch nicht so kurz vorher deine Zeit in einem Café verschwenden, um zu *arbeiten*!«

Ich versuchte, mich loszureißen. Panik überschwemmte mich, als sie von Prüfungen sprach, und Wut, als sie meine Arbeit als Zeitverschwendung abtat. Ich musste weg von ihr. Sofort.

Ich befreite mein Handgelenk und ließ das volle Tablett stehen. Es war mir egal.

Die Geräusche des Cafés schwollen zu einem Dröhnen in meinem Kopf an, jemand lachte, jemand klimperte mit einem Glas, ein Stuhl scharrte über den Boden. Ich konzentrierte mich nur auf die Tür zum Nebenraum, fixierte sie mit aller Macht, als mir der Schwindel zu Kopf stieg.

Ich war fast da, als Mama meinen Arm ergriff. Sie war wütend und vielleicht war das sogar ein wenig verständlich, aber ich fürchtete, im nächsten Moment unter dem Druck zusammenzubrechen, der durch meine Gedanken pulsierte.

»Marie!« Sie zerrte an meinem Arm, damit ich sie ansah.

»Ich erwarte, dass du jetzt nach Hause fährst, ach zu deiner Wohnung meine ich, und dass du dich auf diese Prüfung vorbereitest! Du kannst sie nicht auf die leichte Schulter nehmen, diese Zwischenprüfungen bedeuten einen Großteil deiner Abschlussnote und ...«

»Ich studiere nicht mehr!«, brach es aus mir hervor, dicht gefolgt von einem Schluchzen, das ich nicht unterdrücken konnte. »Ich habe abgebrochen! Ja, freiwillig! Und dabei bleibt es.«

Kapitel 15

Von Erfolgen und Albträumen.

Mama zuckte zurück und ich nutzte die Gelegenheit, mich von ihr zu befreien und durch die Tür in den Nebenraum zu flüchten. Ich fürchtete schon, sie würde mir folgen, mir all meine Fehler und Dummheiten an den Kopf werfen, aber dann erklang Sonjas Stimme.

»Kann ich Ihnen helfen? Dieser Bereich ist nur für Mitarbeiter.«

Vor Erleichterung fing ich beinahe an zu weinen. Ich ließ mich gegen einen der Vorratsschränke fallen und zu Boden sinken und lauschte der gedämpften Auseinandersetzung vor der Tür. Meine Finger tippten einen nervösen Rhythmus auf meine Knie.

Irgendwann öffnete sich die Tür, doch ich erkannte bereits an der ruhigen, kontrollierten Bewegung, dass es Sonja war.

»Alles in Ordnung?«, fragte sie um die Tür herumschauend und ich nickte rasch. »Ich brauche nur einen Moment.«

Meine Chefin nickte. »Ist sie wirklich deine Mutter?«

Ich sah auf und nickte mit verzogenem Mund.

»Dann ist ja gut, ich hatte schon Sorge, was sie von dir will.« Scheinbar fand sie es in Ordnung, wenn Mütter sich so benahmen, auch wenn sie es anderen nicht gestattete.

»Nimm dir einen Moment.« Mit diesen Worten ließ sie mich allein.

Es blieb kein Zweifel, dass ich an einem Tag wie heute unmöglich eine halbe Stunde Pause machen konnte. Und vielleicht war das auch gerade gut so, überlegte ich und kam langsam wieder auf die Beine.

So würde ich zumindest für den weiteren Nachmittag nicht mehr über meine Verfehlungen gegenüber meinen Eltern und meine bekloppte Schwärmerei für Aron nachdenken müssen. Ich wusch mir das Gesicht. Aus dem kleinen Spiegel über dem Waschbecken blickte mir ein leicht rotfleckiges Gesicht entgegen, doch meine grauen Augen sahen so entschlossen aus, wie ich mich seit der letzten Woche ständig fühlte. *Nein,* dachte ich, *nicht nur entschlossen. Zufrieden.*

Ich machte nicht alles richtig und hatte den ein oder anderen Fehler auszubügeln ... Aber im Grunde hatte ich erreicht, was ich mir vorgenommen hatte. Ich führte mein eigenes Leben, in meiner eigenen Wohnung. Ich hatte mich aus den Umständen befreit, die mich unglücklich machten und etwas Neues gewagt. Und das war gut so.

Meine Bluse hob und senkte sich, als ich noch einmal tief durchatmete. Dann betrat ich das Café. Mama und Andrea waren längst gegangen und der Tisch war schon wieder besetzt von einem jungen Pärchen, das sich über der Tischdeko verliebte Blicke zuwarf.

Heute war der dritte Advent. Ich hatte nicht gewusst, dass das der inoffizielle Tag der Verliebten war, aber es machte ganz den Anschein.

Überall liefen junge Pärchen herum, warteten darauf, dass ein Tisch frei wurde, hielten sich an den Händen, alberten mit dem Essen herum. Ich konnte ein Augenverdrehen nicht verhindern, jedes Mal, wenn ich diese kitschigen Wolke-Sieben-Menschen ausmachte. Aber ich konzentrierte mich brav auf die Arbeit und genoss die nächsten Stunden, in denen ich mich weder mit Mama noch mit Aron beschäftigen musste. Ich wollte nicht darüber nachdenken, mit wem ich zuerst sprechen und über wen ich zuerst grübeln musste. Es tat unwahrscheinlich gut, einfach nur Geschirr hin- und herzutragen, Bestellungen aufzunehmen und die Kaffeemaschine zu bedienen.

Die nächsten Tage vergingen wie in einem mehr oder minder psychedelischen Rausch. Ernsthaft, ich wurde das Gefühl nicht los, dass sämtliche Münsteraner erst am Wochenende bemerkt hatten, dass Weihnachten nur noch wenige Tage entfernt war und sie mindestens dreihundert Geschenke und dreihundert Kaffeepausen brauchten, um mit dem heiligen Fest zufrieden zu sein.

Ingeborg fing sich eine Grippe ein, Sonja erkrankte an chronisch schlechter Laune und ich verzichtete freimütig auf meinen letzten freien Tag vor den Feiertagen, der eigentlich am Mittwoch dran gewesen wäre. Erst am Freitag fiel Sonja ein, dass sie mich nicht durchgehend beschäftigen durfte, auch wenn es mich gerade wenig störte.

Denn sobald ich einen freien Tag hätte, müsste ich mich theoretisch bei meinen Eltern melden und ihnen Rede und Antwort stehen.

»... aber ich habe eine Aushilfe gefunden, die uns ab morgen unterstützen kann«, erklärte Sonja gerade. »Ich arbeite sie heute Nachmittag ein. Dann könntest du am dreiundzwanzigsten frei machen?«

Ich hörte das schlechte Gewissen aus ihren Worten heraus und ahnte, dass sie ablehnen würde, selbst wenn ich verzichten wollte.

Also nickte ich.

Wieder einmal war es nach zwanzig Uhr, als ich auf Lohmanns Hof ankam. Ich stellte mein Fahrrad in den Schuppen und stapfte mit eiskalten Füßen über den schlammigen Hof zu meiner Wohnungstür hinüber. Ein feuchter Wind schlug mir auf der freien Fläche um die Ohren und ich zog meine Mütze tiefer ins Gesicht.

Ein leises Fluchen klang über den Hof. Ich sah mich um und entdeckte das warme Licht, das durch eine halb offene Tür am anderen Ende des Hofs drang. Es war unmöglich zu sagen, welcher der Lohmann-Männer dort vor sich hin geschimpft hatte.

Ich wollte Aron nicht begegnen, weil ich noch immer nicht wusste, ob es idiotisch, naiv oder beides gewesen war, ihn zu küssen.

Andererseits wollte ich das Risiko nicht eingehen, dass Herbert verletzt in der Ecke erfror oder Opa Kalle mit seinem Gewehr auf irgendwelche Ratten losging. Also hastete ich über den halbgefrorenen Schlamm zurück. Vermutlich sollte ich mich glücklich schätzen, wenn ich mir mit meinen Eisklumpenfüßen in den abgelatschten Turnschuhen nicht jeden Knochen brach. Oder die Bänder riss. Aber dann konnte Aron ja vielleicht auf *mich* aufpassen ... Ich verbat mir jeden weiteren Gedanken.

Leise schob ich die Tür etwas weiter auf und erkannte ... eine *Werkstatt*.

Ich hatte immer angenommen, dies wäre nur ein Unterstand für irgendwelche Landmaschinen. Unzählige Werkzeuge, deren Zweck sich mir nicht auf den ersten Blick erschloss, hingen in ordentlichen Reihen an den Wänden. Sägespäne und Holzreste übersäten den Boden und warfen das warme Licht der Wandleuchten zurück. Ein ganzer Hügel aus Spänen hatte sich an der rückseitigen Wand gesammelt.

Und in der Mitte saß Aron auf einem behelfsmäßigen Holzbock, die Krücken achtlos neben sich auf den Boden geworfen, den Fuß auf einer alten Kiste hochgelegt. Vor ihm stand ein meterhoher Baumstamm, dessen verschiedene Braunschattierungen die unterschiedlichen Bearbeitungsschritte verrieten, auch wenn man noch nicht erahnen konnte, was einmal daraus werden würde.

»Brauchst du Hilfe?«, fragte ich und trat über die Schwelle. Wie erwartet zuckte Aron zusammen und warf mir einen Blick über die Schulter zu.

»Wenn ich selbst das hier nicht mehr hinbekomme, brauche ich eher ein Wunder als deine Hilfe«, murrte er. Ich presste die Lippen zusammen und drehte mich um, ärgerte mich, dass ich überhaupt hergekommen war.

»Warte.«

Ich blieb stehen.

Gehorchen wir jetzt seinen Anweisungen?, fragte die Stimme in mir, die verdächtig nach Mama klang. Aber sie hatte recht, ich würde mich nicht herumkommandieren lassen.

Ich zwang meine Beine vorwärts.

»Bitte, Marie, ich bin gerade sehr schlecht darin, dir nachzulaufen.« Wieder blieb ich stehen, sah zurück zum warmen Licht der offen stehenden Tür. Er wäre mir *nachgelaufen*?

»Ich weiß, du hasst Weihnachten und vermutlich macht Cheyenne wieder Stress, aber bitte – lass deinen Frust nicht an zufriedeneren Menschen aus, die diese Zeit genießen möchten.«

Die angeschlagene Seite seines Gesichts versank im Schatten, als er sich mir zuwandte.

»Tust du es? Genießt du diese Zeit?«, fragte er und musterte mich.

Es war unmöglich zu sagen, was er dachte. Ich antwortete mit einer undefinierten Kopfbewegung, trat aber ein paar Schritte näher heran. Wenn ich ehrlich zu mir war, hatte ich die letzten Tage damit verbracht, mich vor ihm und meinen Eltern zu verstecken und mit Elena für ihre Prüfung zu lernen. Wenn wir es auf den Weihnachtsmarkt geschafft hatten, dann nur für kurze Zeit, die sich irgendwie nicht so entspannt angefühlt hatte wie erhofft. Ich liebte jeden Besuch dort, genau wie Elena, aber es war einfach nicht dasselbe, wenn man nur für eine kurze Lernpause da war, anstatt gemütlich einen Abend ausklingen zu lassen.

»Warum wolltest du mir nachlaufen?«, fragte ich mit rasendem Herzen und wandte mich nach links, wo ich einen kleinen elektrischen Ofen erspäht hatte, der warme Luft in den Raum blies. Ich zog die Mütze von meinem Kopf, löste den Zopf und ließ die warme Luft durch mein Haar blasen.

»Weil ich dir eine Erklärung schulde.«

Ich sah auf, aber Aron hobelte konzentriert an seinem Holzblock.

»Du schuldest mir gar nichts«, erwiderte ich und genoss die Wärme, die meinen Füßen neues Leben einhauchte. Er lachte auf seltsam traurige Weise.

»Du hast auf Opa aufgepasst, obwohl es meine Aufgabe gewesen wäre. Du hast mir geholfen, als ich von der verdammten Leiter gefallen bin. Du hast sogar auf mich aufgepasst, als ich nicht mal alleine aufstehen konnte. Eine Erklärung ist wohl das Mindeste, das ich dir schulde.«

Er wollte also nur eine Schuld begleichen? War dies eine Strichliste, die wir gegeneinander aufrechneten? Genau das wollte ich nicht. Ich senkte den Blick, überlegte, wie ich antworten könnte, ohne meine rätselhaften Gefühle ihm gegenüber direkt zu verraten.

»Ich habe ... deinen Eltern gern geholfen. Ich erwarte keine Gegenleistung dafür.« Mein Magen zog sich schmerzhaft zusammen.

»War es nur das?« Endlich sah er auf. »Eine freundliche Wohltätigkeit gegenüber meinen Eltern, dass wir diesen Tag zusammen verbracht haben?«

Ich sah weiter auf meine Füße, während mein Herz durch meinen Brustkorb Konga tanzte. Allein die Erinnerung an seine Küsse ließ mir das Blut zu Kopf steigen.

»Nein«, flüsterte ich, obwohl ich mir des Risikos bewusst war, dass er sich über mich lustig machte, weil ich mich für ihn interessierte. Jeden Moment würde er auf meinen Gefühlen herumtrampeln, wie er es schon einmal getan hatte.

Als ich mit zittrigem Einatmen aufsah, lag sein Blick noch immer auf mir, so intensiv, als würde er bis in mein Innerstes sehen. Dann wandte er sich ab, arbeitete weiter an seinem Holzblock, aber nach ein paar Augenblicken fing er an zu sprechen.

»Du wolltest wissen, warum ich zu Hause so anders bin als in der Galerie. Oder vielleicht eher, warum ich mich dort wie das letzte Arschloch aufführe«, begann er, ohne von seiner Arbeit aufzusehen. Ich machte mich auf eine längere Erklärung gefasst.

»Ich wollte diesem Hof entkommen. Ganz ähnlich wie du von diesen Wissenschaftsfanatikern aus deiner Familie, wollte ich von hier weg. Von den Erwartungen meiner

Eltern, in ihre Fußstapfen zu treten. Ich sollte den Hof übernehmen, mit aller Verantwortung, mich festlegen für den Rest meines Lebens. Es war einfach ... zu viel auf einmal. Als hätte ich gar keine Wahl, über mich selbst zu bestimmen.«

Ich zog mir einen Stuhl heran und ließ mich neben dem Ofen nieder.

Ich wagte es nicht, mich Aron zu nähern, der sich Stück für Stück vor mir öffnete. Seine rechte Hand drehte den Hobel an einem Holzvorsprung. Ein weiterer Span fiel zu Boden.

»Anfangs stand ich ziemlich idiotisch da, mit meinem Kleingewerbe und ein paar selbstgebastelten Möbeln und meinen Schnitzereien. Aber dann kam Cheyenne, die das Potenzial meiner Holzarbeiten erkannte, es in die Massenproduktion brachte und das Luxuslabel *Jakobi* entwarf. Aus meiner überstürzten Flucht wurde innerhalb von zwei Jahren ein himmelschreiender Erfolg, mit dem ich niemals gerechnet hätte.«

Wieder arbeitete er ein überflüssiges Holzstück aus dem Stamm, seine Muskeln spannten unter der Kraft, mit der er das Werkzeug bewegte. Kurz fragte ich mich, was er wohl aus dem Baumstamm herausarbeiten würde, wollte ihn aber nicht unterbrechen.

»Und damit kam der Druck. Neue Ideen mussten her, Investoren überzeugt und bei der Stange gehalten werden. Der Laden musste eingerichtet und designt werden. Mitarbeiter bezahlt und angewiesen werden. Alles musste in dieses Konzept passen. Ich bin vor der

Verantwortung des Hofes geflohen und habe mich damit in ein noch viel engeres Korsett gepresst.«

Er schwieg eine ganze Weile lang, arbeitete stumm vor sich hin, aber ich spürte, dass er Zeit brauchte. Dass es nicht daran lag, dass er nicht mehr sagen wollte.

»Vielleicht habe ich dich deshalb ... so behandelt. Du wirktest so zufrieden, so *überlegen,* als könnte nichts in der Welt dich jemals verletzen. Ich habe dich beneidet, denn ich hatte längst gelernt, dass man sich die höchsten, funkelnsten Ziele setzen kann... Sie können trotzdem ein verdammter Albtraum sein, wenn man sie erreicht.«

»Ein Albtraum?«, wiederholte ich leise, entsetzt, dass sich sein Leben so für ihn anfühlte.

»Du hast es doch mitbekommen«, murmelte er, noch immer auf den Holzblock konzentriert.

»Ich habe nicht einmal mehr die Freiheit, eine Stunde lang auf meinen Opa aufzupassen. Oder von einer Leiter zu fallen. Oder ...«

Er sah auf und ich erkannte den Anflug von Humor in seinem schelmischen Blick.

»Mich mit einer kleinen Studentin zu vergnügen.«

Ich verdrehte die Augen über diese Worte, die er aus Cheyennes Attacke gegen mich zitierte. Auch Arons Miene nahm sofort wieder einen bitteren Zug an.

»Dieser neue Berufsweg ist erfolgreicher geworden, als ich es mir hätte erträumen können. Aber er nimmt mir jede Art von Freiheit. Du hast Cheyennes Reaktion gehört, als ich mich für eine Woche krankgemeldet habe.«

Ich schnaubte voll mühsam unterdrückter Wut.

Aron schaffte ein müdes Lächeln.

»Ja, Cheyenne ist ein Biest. Aber es war ernstgemeint, was ich zu dir sagte an diesem Mittag im Café. Man muss ein Stück weit so sein, sobald man in diesen Kreisen unterwegs ist. Auch, wenn man das vielleicht nie gewollt hat.«

Ich sparte mir den Kommentar, dass er die Sache vielleicht etwas übertrieben betrachtete. Fakt war, dass *er* es so wahrnahm. Dass es *ihm* mit diesem Beruf so schlecht ging.

Kapitel 16

... in dem Aron trotz Krücken ganz flott wird.

»Ich bin sicher, dass es einen Ausweg geben kann, Aron«, sagte ich vorsichtig. »Du könntest deine Anteile am Laden verkaufen.«

»Ja, das könnte ich.« Das weiche Licht brach sich in seinen ordentlichen Haarsträhnen, während er arbeitete. »Aber was dann?«

Ich schluckte, wusste genau, was er meinte. Ich hatte diesen riesigen Schritt in ein neues Leben ganz unbedarft gewagt ... und Glück gehabt, weil vieles so reibungslos lief.

Aber wenn es nicht so wäre, wenn ich meine neue Freiheit wieder aufgeben und eingestehen müsste, gescheitert zu sein? Wenn ich womöglich zu meinen Eltern zurückziehen müsste, alternativlos ...

»Wenn ich das *Jakobi* hinter mir lasse, dann sitze ich wieder hier, wieder in der Verantwortung, diesen Hof zu übernehmen.«

»Warum willst du es nicht?« Ich änderte die Sitzposition, um meine andere Seite dem Ofen entgegenzuneigen.

»Ich weiß nicht, ob ich es will. Ich liebe das Landleben, den Hof und die körperliche Arbeit. Und ich verstehe meine Eltern, dass sie die Nachfolge klären wollen, nein, *müssen*. Aber ... ich bin schon einmal geflohen. Wie kann ich versprechen, dass es nicht wieder so weit kommt?«

»Das kannst du nicht. Niemand könnte das«, erwiderte ich sofort. Aron nickte, wieder konzentriert auf seinen Hobel.

Ich war drauf und dran, ihn endlich zu fragen, was für eine Figur er da eigentlich schnitzte, doch im nächsten Moment rutschte seine Hand ab. Der Hobel flog durch die Luft und blieb scheppernd am Boden liegen.

»Verflucht noch mal«, presste Aron hervor und ballte die rechte Hand zur Faust. Ich sprang auf und war bei ihm, bevor ich darüber nachdenken konnte.

»Geht schon«, beruhigte er mich und schüttelte die Hand aus. »Halb so wild.«

Ich atmete statt einer Antwort tief durch, um mich zu beruhigen. »Du musst dich nicht jedes Mal verletzen, wenn wir uns begegnen.«

»Deine Nähe bedeutet wohl Lebensgefahr für mich.«

Ich prustete spöttisch los. »Du legst wirklich erstaunlichen Erfindergeist an den Tag, wenn es darum geht, mich in deine Nähe *zu locken*.«

»Es wäre schließlich sehr unsexy, wenn ich in diesem Zustand versuchen würde, zu dir zu gelangen«, entgegnete er und ein schelmisches Funkeln blitzte mir aus seinen warmen Augen entgegen. Ich schnappte mir seine Hand, hielt sie fest und drehte sie ins Licht.

»Unverletzt«, murmelte ich wie zu mir selbst. »Aron Lohmann, hast du mich gerade absichtlich denken lassen, du wärst verletzt?«

Er schmunzelte, schüttelte mit der freien Hand die Holzspäne von seinem schmuddeligen Pulli und stemmte sich dann hüpfend auf seinen gesunden Fuß hoch. Plötzlich musste ich zu ihm aufsehen.

Sanft berührte er den Haaransatz hinter meinem Ohr, legte beide Hände an die empfindsamen Stellen, wo mein Hals in die Schultern überging.

»Wenn du gehst, falle ich um«, raunte er an mein Ohr und hielt sich zur Verdeutlichung an meinen Schultern fest.

»Willst du mich etwa erpressen?«, gab ich zurück und erkannte meine eigene Stimme kaum wieder. Er knabberte sanft an meiner Ohrmuschel, was mir ein stockendes Einatmen entlockte.

»Ich glaube ... das habe ich gar nicht nötig.«

Ich öffnete den Mund und schloss ihn wieder. Egal, wie ich es formulierte, ich müsste ihm recht geben. Mein Herz raste, ich unterdrückte jeden Gedanken daran, wie sehr ich diese Arroganz verachtete – denn es stimmte nicht. Jetzt gerade stellte diese besitzergreifende Überheblichkeit ganz andere Dinge mit mir an. Vielleicht weil ich wusste, dass es nicht um Herabwürdigung ging, nicht darum, mich klein zu machen.

Im Gegenteil.

Ich sah es im warmen Blick seiner Augen, spürte es in der Intensität seiner Berührungen – es war ein Versprechen, das er mir stumm entgegenbrachte. Langsam hob ich meine Hand, fuhr mit den Fingern jede Linie seines Gesichts nach.

Die markanten Kiefer, die Wangenknochen, den grüngelben Fleck, der noch immer auf seiner Wange prangte und bis zur Schläfe hinaufgezogen war.

Er schloss die Augen, überließ sich blind meinem Halt. Meine Finger erkundeten den seidigen Ansatz seines dunklen Haars, die leicht kratzenden Bartstoppeln. Erst an seinem Mundwinkel hielt ich inne, betrachtete, wie er den Mund öffnete und die Luft einströmen ließ.

Ich umfasste seinen Nacken und zog ihn sanft zu mir hinunter, bis sich unsere Lippen berührten. Weich und achtsam begannen wir unseren Kuss, vertrauter, inniger als zuvor, aber ich spürte ihn bis in meine Knochen, erlebte, wie er sich unwiederbringlich in mein Herz einbrannte.

Meine Hände ruhten auf seiner Brust, seine Arme umschlangen meine Taille, als wollte er mich nie wieder loslassen.

»Marie«, flüsterte er an meine Lippen. »Marie.«

Immer wieder hauchte er meinen Namen, als bräuchte er nichts anderes auf dieser Welt, unterbrach nur für diese winzigen Momente unseren Kuss, bevor er umso begieriger meinen Mund in Besitz nahm. Ich lehnte mich an ihn, fester, wollte seine Nähe spüren.

Als wir zum zweiten Mal das Gleichgewicht verloren und beinahe umfielen, löste ich mich sanft von ihm. Mein Atem ging schnell und die Nervosität flatterte wie ein Vogeljunges durch meinen Leib.

»Ich möchte ungern schon wieder einen Krankenwagen rufen«, erklärte ich und nickte zu seinem unsicheren Stand hinunter.

»Das Risiko gehe ich ein«, knurrte er und presste mich wieder an sich.

Ich kicherte, setzte aber trotzdem nach: »Ich nicht.«

Nachdrücklich löste ich mich von ihm, drehte mich um und ging ein paar Schritte zu dem ansehnlichen Haufen aus weichen Holzspänen hinüber. Erst dann warf ich einen Blick über die Schulter, las den Hunger in seinen Augen, vermischt mit der qualvollen Furcht, ich könnte ihn abweisen.

Ich legte all meine Wärme, meine Zuversicht in meinen Blick, als ich meine Winterjacke abstreifte und mich in den Haufen plumpsen ließ. Mein Herz raste, als ich so locker wie möglich sagte:

»Außerdem ist es hier viel gemütlicher.«

Ich glaubte nicht, dass ich jemals einen Verletzten gesehen hatte, der in dieser Geschwindigkeit zwei Krücken vom Boden fischte und quer durch eine Werkstatt humpelte. Er sank neben mich in die Holzspäne, stützte sich auf einem Ellbogen ab, um auf mich herabsehen zu können. Ein leichtes Lächeln schlich sich auf seine

Lippen. »Bitte sieh mich ab sofort immer so an«, murmelte er mit glasigem Blick.

Er musste bis in mein Innerstes sehen, dieses leise, zappelnde Verlangen erkennen, ihn bei mir zu wissen. Die raue Haut seiner Finger fuhr meine Oberlippe entlang, meine Zähne ...

Ich berührte ihn mit meiner Zunge, lockte diesen Finger in meinen Mund, malte eine Spur darauf, bis ich Aron fluchen hörte. Er beraubte mich seines Fingers und füllte meinen Mund mit seiner Zunge, wilder als zuvor, so zügellos, dass es mir ein Keuchen entlockte. Hitze sammelte sich in meiner Mitte, pulsierte in immer kürzeren Abständen durch meinen Körper ...

Niemals zuvor hatte ich so etwas erlebt, diesen sinnlichen Zustand rasender Lust. Alles, was ich vor zwei Jahren mit meinem Ex-Freund versucht hatte, verblasste zu Niesel im Wind, völlig unvergleichbar mit diesem Hitzesturm, der die Mauer zwischen Arons und meiner Welt zum Einsturz brachte.

Meine Hände wanderten wie von selbst unter seinen Pullover, tasteten sich durch Kleiderschichten, getrieben von dieser neuen Sucht nach Berührung, nach Wärme, nach nackter Haut, während seine Zunge die meine umschlang, mich verführte und mich jeglicher Bedenken beraubte.

Da hielt er plötzlich inne, zog sich ein paar wenige Zentimeter zurück, die mir wie das andere Ende der Welt vorkamen.

Sein glühender Blick fand meinen.

»Verzeihst du mir, dass ich mich wie ein arroganter Vollidiot benommen habe?«, fragte er, seine Hand verharrte bebend über meiner Bluse, wartete auf meinen Freispruch und darauf, dass ich mich wirklich und vollständig für ihn entschied.

»Ich verzeihe dir«, keuchte ich atemlos.

Wieder ließ ich meine Hand über die Konturen seines Rückens wandern, spürte dieses tiefe Verlangen in mir, seine Haut auf meiner zu fühlen.

»Danke.«

Er sagte es, noch immer ohne mich zu berühren, aber mit einer Intensität in den Augen, die seine Ernsthaftigkeit bezeugte. Ich sammelte mich einen Augenblick lang, um überhaupt eine Antwort formulieren zu können.

»Danke, dass du es mir erklärt hast, Aron. Dass du mich hinter die Fassade hast blicken lassen.«

Und jetzt berühre mich, verdammt noch mal.

Ich erschauderte unter seinem Blick, flehte innerlich danach, seine Hand unter meiner Kleidung zu spüren.

»Für dich wird es keine Fassade mehr geben«, versprach er und etwas in mir zerschmolz zu einer glühenden Pfütze.

Kapitel 17

... von zwei ungebetenen Gästen auf dem Lohmann-Hof

Ich habe mich für ihn entschieden. Ich habe mich für ihn entschieden!

Ich könnte es singen, den ganzen Tag vor mich hin. Okay, ich sang tatsächlich, während ich früh am nächsten Morgen mit dem Staubwedel durch meine – mittlerweile fast vollständig eingerichtete – Wohnung tanzte. Heute war der dreiundzwanzigste Dezember und ich glaubte mit absoluter Hingabe an mein persönliches Weihnachtswunder.

Ich war hoffnungslos verliebt, mochte meine Arbeit und hatte sogar den Grinch persönlich bekehrt. Meiner Meinung nach war das eine krasse Erfolgsbilanz innerhalb von drei Wochen. Allein meine Eltern spukten durch meine Gedanken wie das Gespenst des schlechten Gewissens.

Ich seufzte, während ich vorsichtig meine Einhornlichterkette entstaubte, das Streitobjekt schlechthin während der letzten Zeit bei Mama und Papa. Heute Nachmittag würde ich sie anrufen, stand es auf meiner gedanklichen Pinnwand, und mir die Schimpftirade abholen. Möglicherweise ließ sich auch diese Sache wieder geraderücken, falls meine Eltern unfassbarerweise von einer Art Weihnachtsstimmung ergriffen wären. Woran ich nicht glaubte. Aber ich würde es versuchen.

Immerhin hatte ich dank meiner abendlichen Verabredung mit Aron etwas, worauf ich mich freuen konnte. Das war auch der eigentliche Grund, warum ich beschlossen hatte, an diesem freien Tag meine Wohnung zu putzen. Aron musste mein Heim ja nicht jedes Mal im puren Chaos erleben.

Mein Herz flatterte, als ich an die gemeinsamen Stunden in der Werkstatt dachte. An das warme Leuchten seiner Augen, die raue Berührung seiner Hände auf meinen Hüften, seine Küsse auf jedem einzelnen Flecken meiner Haut ... Eine Gänsehaut lief über meinen Körper, so kribbelnd und intensiv, dass ich mich regelrecht schüttelte, um wieder auf klare Gedanken zu kommen. Nur das fette Grinsen auf meinem Gesicht wurde ich einfach nicht los, ebenso wenig wie das elektrisierte Gefühl, das unter meiner Haut meinen ganzen Körper in Brand steckte.

In dieser Stimmung empfand ich es nicht einmal als schlimm, dass ich Heiligabend allein verbringen würde. Bei meinen Eltern würde Weihnachten (wie jedes Jahr) überhaupt nicht gefeiert, sondern nur mit hämischen

Kommentaren von oben herab belächelt. Elena war bereits gestern Abend mit dem Zug nach Bremen abgereist, um die Feiertage bei ihren Eltern und den drei Geschwistern zu verbringen. Aron würde mit seinen Eltern zu Abend essen.

Und ich würde einen gemütlichen Abend im Bett verbringen, warme Croissants mit Nutella und selbstgemachten Glühwein in rauen Mengen verdrücken und mir dabei *Tatsächlich ... Liebe* anschauen. Glücklicherweise gab es den Film bei Netflix, denn meine vor Jahren heimlich gekaufte DVD hatte Mama irgendwann gefunden und mir weggenommen.

Elenas vorsichtige Frage, ob mich dieser Abend nicht traurig machen würde, flatterte in meine Gedanken. Ich schluckte bei der Erinnerung an das letzte Weihnachten. Und das davor. Und das davor.

Ja, es hatte mich traurig gemacht, diese scheinbar perfekte Weihnachtswelt des Films anzuschauen, all diese wunderschönen Facetten der Liebe, während ich allein in dem Dachgeschosszimmer im Haus meiner Eltern hockte. Ich legte den Staubwedel weg und lief in die Küche. Ja, Croissants waren da, Nutella auch. Der Rotwein stand auf der Arbeitsplatte und wartete nur darauf, im Topf erhitzt und mit Gewürzen aufgemotzt zu werden.

Nein, dachte ich. Es fühlte sich überhaupt nicht so an, als würde ich dieses Weihnachten unglücklich sein. Und das hatte wenig mit meinen kulinarischen Experimenten zu tun. Dieses Mal würde ich mir den Film ansehen, vielleicht ein paar Tränen der Rührung verdrücken und mich dann daran erinnern, was Aron und ich hatten. Und ich würde wissen, dass es nicht auf einhundertfünfunddreißig Minuten am heiligen Abend begrenzt war, sondern noch viele weitere Tage meines Leben erfüllen würde.

Also, hoffentlich.

Ich zog die Nase kraus und hasste meinen Verstand für seine Relativierungsfähigkeit.

Routiniert warf ich einen Blick aus dem Küchenfenster und entdeckte die Dancebattletauben auf dem benachbarten Dach. Endlich. Ich hatte mir schon Sorgen gemacht, dass Opa Kalle sein Gewehr wiedergefunden hatte. Ernsthaft, wenn es schon niemand schaffte, eine Tüte Mandelplätzchen vor ihm zu verstecken, wie sollte es dann mit dem Gewehr klappen?

Ein spitzer Schrei ließ mich innehalten. Er war von draußen gekommen, vom Hof. Ich hatte gerade meine Schuhe an, als ein paar panische, unverständliche Worte an mein Ohr drangen. Rasch schlüpfte ich durch die Haustür hinaus.

Ach du Scheiße.

Ich glaubte nicht an telepathische Fähigkeiten – aber offensichtlich hatte Opa Kalle sein Gewehr tatsächlich gefunden. Ich fühlte mich kurz an eine dieser amerikanischen Krimi-Serien erinnert. Opa stand auf dem Hof, das Gewehr im Anschlag. Cheyenne, ihm gegenüber, stolperte auf ihren hochhackigen Schuhen rückwärts in Richtung ihres Wagens.

»Hören Sie auf, nehmen Sie sofort dieses Ding weg!«, kreischte sie und landete prompt mit dem Hintern im

Matsch, die Hände zitternd über den Kopf gehoben. »Bitte nicht schießen.«

»Hau ab!«, schrie Opa Kalle wütend und fuchtelte mit dem Gewehr herum. »Ollen Deubel.« Cheyenne ließ sich das nicht zweimal sagen und ich musste zugeben – egal, wie sehr ich sie hasste – dass sie mir gerade ein bisschen leidtat. Stolpernd erreichte sie ihr Auto.

»Opa Kalle, was machst du denn da?«, fragte ich vorsichtig und trat behutsam ein paar Schritte näher.

»Wer bist du denn?«, raunzte er und zielte weiter auf Cheyenne.

»Ich bin's, Marie. Die Kellnerin aus der Innenstadt.«

»Ach die. Du bist doch Arons Freundin, oder?« Er ließ endlich das Gewehr sinken und sah mich an.

»Ähm ... ja, genau. Darf ich bitte das Gewehr haben?«

»Da kannste nicht mit umgehn, Wicht.«

»Ich will ja nur mal sehen«, behauptete ich locker und streckte die Hände aus.

Er gab es mir tatsächlich, murmelte noch irgendetwas vom Deubel in seinen nicht vorhandenen Bart, als Cheyenne den Motor anließ. Ihr entsetzter Blick traf meinen. Zornfunkelnd starrte sie mich an, während ich das Gewehr zur Seite stellte. Sie sah kein bisschen dankbar aus, sondern eher so, als wäre ich es gewesen, die mit der Waffe auf sie gezielt hätte.

In dem Moment öffnete sich Lohmanns Haustür hinter uns und Aron riss die Augen auf, als er Opa, mich, das Gewehr und Cheyennes davonrasendes Auto erspähte. Wortlos überreichte ich ihm die Waffe.

»Ist sie weg?«, fragte Aron auf eine Weise, die mich vermuten ließ, dass er das ganze Spektakel heimlich durch den Türspion beobachtet hatte.

»Hast du Opa etwa mit einem Gewehr auf Cheyenne zielen lassen? Geht's noch?«, fauchte ich ihn an. Aron seufzte, ließ die Waffe am Lauf aufschnappen und präsentierte mir ein leeres Kugellager.

»Ist nicht geladen.« Ich legte mir kühlend die Handfläche an die Stirn. Opa Kalle murrte irgendetwas Unzufriedenes und drängte sich humpelnd an Aron vorbei.

»Das wird er mir jetzt übelnehmen.« Aron lächelte, als er meinem fassungslosen Blick begegnete. »Ich habe die Kugeln nach dem letzten Vorfall sofort rausgenommen und entsorgt.«

Ich schüttelte den Kopf, nur langsam fand ich meinen Humor wieder.

»Tut mir leid, wenn es dich erschreckt hat«, murmelte er und streckte die Hand nach mir aus. Wie magnetisch angezogen nahm ich sie.

»Ich habe ehrlich nicht damit gerechnet, dass Opa mit dem Gewehr auf sie losgeht. Ich dachte, er liest ihr vielleicht die Leviten, wie sie in ihrem Fummel auf einem Hof rumlaufen kann, oder so etwas. Die Vorstellung fand ich tatsächlich ziemlich witzig. Hätte ich das mit dem Gewehr geahnt, wäre ich bestimmt schneller an der Tür gewesen, nachdem ich das Geschrei gehört habe. Als ich dann gesehen habe, wie du es ihm abgenommen hast, musste ich mir Cheyennes Flucht noch kurz anschauen.«

Er grinste. »Entschuldige.«

»Mich hat es nicht halb so sehr erschreckt wie Cheyenne«, gab ich zu, noch immer nicht sicher, ob diese Art von Humor vielleicht zu hart für mein Städtergemüt war. »Gib's zu, du hast dir absichtlich Zeit gelassen, bevor du eingreifen wolltest.«

»Quatsch«, behauptete er mit vorgeschobener Unterlippe. »Ich bin leider nur eingeschränkt gehfähig, ich konnte nicht schneller.«

Aber ich erkannte die Flunkerei sofort und stieß ihn in die Seite. »Ich habe genau gesehen, wie schnell du sein kannst, wenn du willst.« Ich biss mir auf die Unterlippe, als ich an den gestrigen Abend in der Werkstatt dachte. Aron sah es und seine Augen wurden dunkler, lockend. In diesem Moment stapfte Herbert über den Hof, in seiner Hand klimperten Schlüssel. Sofort ließ ich Aron los und wich einen halben Meter zurück.

»Ich freue mich auf nachher«, flüsterte er, ich lächelte mit rasendem Herzen und hüpfte fast zu meiner Wohnung zurück. Die Nervosität ließ sich nach der Begegnung mit Aron nicht mehr vertreiben – und das lag weniger an Opa Kalle und seinem Gewehr, sondern vielmehr an diesen lockenden dunklen Augen.

In einer der letzten Kisten fand ich meinen gehorteten Schatz, den ich vor Mamas Klauen hatte retten können. Eine kleine Sammlung an Sternen, Engelchen, Rentierfiguren und allem, was noch zur Weihnachtszeit gehörte – eine geradezu perfekte Ergänzung der ausbaufähigen Dekoration in meiner neuen Wohnung.

Nächstes Jahr, wenn ich zwölf Monate Zeit gehabt hätte, sämtliche Flohmärkte nach Dekorationsartikeln abzuklappern, würde hier ein wahrhaftiges Weihnachtswunderland entstehen, nahm ich mir vor.

Ich beschäftigte mich damit, die Engelchen in kleinen Gruppen auf dem Esstisch und auf einem Hocker in meinem Schlafzimmer zu verteilen. Dann nahm ich einen kleinen, selbstgebastelten Weihnachtsbaum aus der Kiste. Er bestand aus einem etwa armlangen Ast und übereinander gesteckten Filz- und Stricklappen. Jedes einzelne Teil hatte ich in der Schule selbst gearbeitet, in der fünften Klasse. Noch ganz neu an diesem ungewohnten Gymnasium und trotzdem schon eine Außenseiterin, hatte ich in dieser Aufgabe einen entspannenden Ausgleich zu den anderen Unterrichtsstunden gefunden.

Mama hatte zumindest meine Arbeit gelobt und den Weihnachtsbaum in jener Adventszeit in unserer Küche aufgestellt. Eine Woche später habe ich zufällig herausgefunden, dass sie mit der Schulleitung gesprochen und eine schriftliche Erklärung gefordert hatte, warum Unterrichtszeit mit solchem Nonsens verschwendet würde.

Vorsichtig strich ich über die Stoffschichten, um den leichten Staubfilm zu entfernen, der sich im Laufe des Jahres auf der Oberfläche gesammelt hatte. Das Bäumchen hatte Mama wenig später entsorgen wollen, nur zufällig kam ich noch rechtzeitig, um meine Arbeit vor der Restmülltonne zu retten.

Ich schluckte und schloss einen Augenblick lang die Augen. Das Grausamste an der Geschichte war für mich die Erinnerung, dass mir Mamas Verhalten damals normal vorkam.

Ich war davon ausgegangen, dass *ich* diejenige war, mit der etwas nicht stimmte, und *ich* hatte mich geschämt.

Ich richtete mich etwas gerader auf, verdrängte die Erinnerung und stellte das Bäumchen mitten auf die Küchenfensterbank. Dann legte ich eine kleine Lichterkette um das Stämmchen vor der Fensterscheibe und sofort vertrieb mein Tannenbaum die hereinbrechende Dunkelheit des dahinterliegenden Hofs.

Eine Lichtspiegelung im Fenster ließ mich hinausschauen. Ein Auto fuhr in Schrittgeschwindigkeit über die Hofeinfahrt heran, die Scheinwerfer trotzten dem leichten Schneeregen. Es kam so langsam vorwärts, dass sofort klar war, dass es jemand Fremdes sein musste, der den Hof nicht kannte.

Es dauerte eine weitere Sekunde, bis ich die dunkle Farbe und das Nummernschild im Dämmerlicht erkannte ... *Shit.*

Kapitel 18

... was ist bitte das Gegenteil von Weihnachtsstimmung?

Es dauerte zwei weitere Sekunden, bis ich in Panik ausbrach. *Shit*. Mama war hier. Hatte sie sich die Adresse auf dem Mietvertrag gemerkt? War sie hier, um mich zu entführen?

Nein, nein, nein. Nicht heute, verdammt!, heulte meine innere Stimme. Ich ließ das Bäumchen stehen, hechtete los, um meine Jacke zu holen, und warf dabei einen Stuhl um. Schnell die Jacke an. Schuhe. Raus aus der Tür.

Ich war schon halb über den Hof gesprintet, damit Mama bloß nicht bei Lohmanns klingelte und sich selbst – und mich – völlig zum Affen machte, als ich bemerkte, dass noch ein zweites Auto im Hof stand, das mir bekannt vorkam. Und vor Lohmanns Tür erkannte ich ...

Cheyenne.

Sie war zurückgekommen.

Offenbar hatte nicht einmal Opa Kalles Gewehr gereicht, um sie endgültig zu vertreiben. Auch im Halbdunkeln unverkennbar stand sie in einem anderen teuren Designermantel da, ein schwarzes Handtäschchen an der Seite und in hochhackigen Boots, in denen ich mir hundertprozentig beide Bänder gerissen und im selben Schlamassel gesteckt hätte wie Aron.

Shit!

Das konnte es doch nicht geben, so viel Chaos auf einmal? Konnten die keine Nummer ziehen, bevor sie mich vor Schock an die Decke gehen ließen?

»Marie!«, rief Mama und zog meine Aufmerksamkeit auf sich.

Etwas langsamer trottete ich auf sie zu. Sie stand in der offenen Fahrertür, als wollte sie es lieber nicht riskieren, sich weiter von ihrer Fluchtmöglichkeit zu entfernen. Immer wieder warf ich einen Blick hinter mich.

Cheyenne stand immer noch vor der offenen Tür, Aron gegenüber. Dann legte sie ihre Hand auf seinen Arm. Etwas in meinem Magen verkrampfte sich, als ich sie beide so dort stehen sah. Andererseits erforderte meine wutschnaubende Mutter gerade eine Menge Aufmerksamkeit.

»Meinst du nicht, dass du Papa und mir eine Erklärung schuldest?«

Ich drehte mich wieder zu ihr und dem Auto um. Papa saß nicht im Wagen, was schlecht für mich ausgehen könnte – allzu oft fungierte er als Puffer zwischen Mama und mir. Andererseits, was ihre Forderung anging ...

Hatte ich eine Wahl? Dass sie auf Aron losging oder sogar mit Cheyenne über mich diskutierte wie über ein unartiges Haustier – darauf konnte ich wirklich verzichten.

»Willst du ... reinkommen?«, fragte ich und hasste den unterwürfigen Ton in meiner Stimme, den Mama irgendwie automatisch in mir hervorrief. Unwillkürlich atmete ich etwas tiefer ein als sonst.

»Ich dachte eigentlich, *du* würdest mitkommen. Nach Hause.« Mama presste die Kiefer zusammen. Wie immer trug sie das blonde Haar zu einem strengen Knoten zusammengebunden. Ihre Augen hinter den Brillengläsern funkelten vor Wut, vielleicht auch vor Enttäuschung. Ich seufzte, warf rasch einen weiteren Blick hinter mich. Cheyenne und Aron diskutierten immer noch. Aber auch ihre Hand lag noch auf seinem Ärmel. *Er wird sie abweisen und rausschmeißen,* dachte ich. *Jeden Moment stolziert sie wutschnaubend zu ihrem schicken BMW zurück und rast vom Hof.*

»Ich würde lieber hierbleiben, Mama«, gab ich vorsichtig zurück. Meine Füße tippten wie von selbst vom einen auf den anderen. »Aber du kannst gern mit reinkommen und dir meine Wohnung anschauen.«

Ich warf den Kompromiss aus wie eine Angelleine. Andererseits war Mama leider kein Fisch, der sich auf ein Würmchen einließ, während zu Hause ein Unterwasserkönigreich wartete.

Es war selten, dass ich versuchte, Mama die Stirn zu bieten, und nicht einfach auf ihre Forderungen einging.

Konfliktvermeidung war mein zweiter Vorname, sobald ich in ihrer Nähe war.

»Gibt es vielleicht noch etwas über dein neues Leben, das ich wissen sollte?«, fragte Mama, als ich schon wieder über die Schulter zu Cheyenne und Aron blickte.

Ich schluckte. Der nasse Matsch unter meinen Füßen sog sich durch meine Socken.

»Hat dieser ... *Bauerntrampel* auch etwas damit zu tun, dass du deine Familie verstößt und alles mit Füßen trittst, was wir dir ermöglichen?«

»Ich ... was?«

Meine Brust zog sich schmerzhaft zusammen, als ich ihre Worte in mich aufnahm. Ich wollte eine wütende Antwort fauchen, mich umdrehen und schneller wegstolzieren, als selbst Cheyenne es könnte ... Als ich den anspringenden Motor hinter mir wahrnahm und gerade noch sah, wie Aron die Beifahrertür schloss. Ich blinzelte. Mama sagte irgendetwas, aber ich hörte es gar nicht. Ich dachte daran, wie Aron sich geöffnet und sich entschuldigt hatte, bevor wir auf so angenehme Weise in den Sägespänen gelandet waren.

Er würde doch nicht ...

Der BMW brauste an uns vorbei und bespritzte meine ohnehin schon nassen Füße mit Matsch. Aron sah stur zur Frontscheibe heraus, er hatte nicht einmal einen Blick für mich übrig. Etwas in mir zerbrach in klirrende Scherben, während etwas anderes in mir stur behauptete, ich müsse mich irren. Es konnte nicht wahr sein, dass Aron sich nach allem, was er mir erzählt hatte, darauf einließ, ausgerechnet mit Cheyenne abzuhauen, um sich von ihr einwickeln zu lassen.

Aber ich hatte es gesehen. Ich hatte ihre schmierigen Finger gesehen, die sanft über seinen Arm strichen ...

Aron war auf dem Weg zurück in sein altes Leben. Hatte ich wirklich geglaubt, ein paar Tage erzwungener Auszeit würden einen anderen Menschen aus ihm machen? Hatte ich wirklich geglaubt, ein paar gemeinsame Stunden in den Sägespänen hätten gereicht, damit er sich genauso naiv und romantisch-vernarrt in mich verliebte wie ich in ihn?

Ehrliche Antwort: Ja. Das hatte ich.

Cheyennes Wagen verschwand hinter der nächsten Kurve. Mein ganzer Körper fühlte sich taub an, ausgehöhlt, leer. *Das kann doch nicht sein Ernst sein,* klang es hohl in mir wider. Nur langsam reagierte ich auf meinen Namen, als Hedwig von der Haustür aus rief.

»Marie, weißt du, wo Aron hin ist?«

Ich holte zitternd Luft und zog nur die Schultern hoch. Zu mehr war ich gerade nicht in der Lage. Ich konnte ja kaum meine eigenen Gedanken sortieren.

»Ist er etwa mit Cheyenne gefahren?«

Ich nickte und schluckte krampfhaft gegen die Tränen an. Nur am Rande hörte ich Hedwig schimpfen, sah meine Mutter pikiert zur Seite blicken. Heißer Dampf stieg vor meinen Augen auf. Ich spürte den Druck auf meinem Gesicht, der die Tränen und den Rotz laufen lassen wollte. Ich wünschte, ich könnte im Erdboden versinken.

»Ähm ..., entschuldigen Sie. Sie sind sicher Maries Mutter?«, klang Hedwigs freundliche Stimme an mein Ohr und ich zuckte erneut zusammen.

»Ja«, schnappte Mama. »Und nur, dass Sie es wissen: Mein Mann und ich waren absolut nicht damit einverstanden, dass Marie diese Wohnung mietet. Finden Sie es nicht reichlich unverschämt, einem jungen Mädchen einfach so spontan einen Vertrag anzudrehen, den es noch gar nicht einschätzen kann?«

»Wie bitte?«

Hedwig verharrte auf halbem Weg zu Mama, ihre ausgestreckte Hand fiel schlaff zurück gegen ihr Bein.

»Sie haben schon richtig verstanden. Unsere Tochter gehört nicht auf irgendeinen Bauernhof, sie hat die besten Noten in einem der schwierigsten Studiengänge Deutschlands. Ihre Zukunft ...«

»Ich komme mit«, unterbrach ich laut, stellte mich zwischen Mama und Hedwig und versuchte, sie mit erhobenen Armen zu beruhigen. »Ich komme mit, okay?«

Ich näherte mich der Beifahrertür. »Hast gewonnen.«

Papa saß schweigend am Kopfende des Esstischs, wie er es immer tat. Dafür, dass dieser Sitz in der Geschichte den Herrschern überlassen war, wirkte Papa fehl am Platz. Vielleicht war es sein letzter Funke Trotz gegen die Herrschaft meiner Mutter, die – obgleich klein, blond und schmal – ihr zierliches Äußeres durch rasiermesserscharfen Verstand wieder wettmachte.

Ja, überlegte ich. *Eine Herrscherin, das ist sie.*

Nur, dass das für mich gerade eher ungünstig war.

»Also?« Das Wort schnitt durch meine Gedanken und unterbrach das Bild von Mama mit purpurner Robe und einem Zepter in der Hand. Ich seufzte.

»Ich habe mein Studium abgebrochen, weil es mich nicht glücklich gemacht hat.«

Mama tauschte einen Blick mit Papa, der aber stumm blieb.

»Du bist noch so jung, Marie. Jeder hat Momente, in denen ihm sein Leben plötzlich nicht gut genug erscheint. Aber das ist doch kein Grund, alles hinzuwerfen. Vielleicht siehst du es nächste Woche ganz anders. Für so eine kurze ... *Phase* kannst du doch nicht deine Zukunft riskieren!«

Typisch.

»Mama, ich habe gesagt, es macht mich nicht glücklich. Das hat nichts damit zu tun, dass es mir nicht gut genug wäre.«

»Für uns wirkte das schon so, als du heimlich, ohne ein Wort zu sagen, alles zunichte gemacht hast! Sieh doch mal, was du alles schon geschafft hast – Abitur als Jahrgangsbeste, diese Zwischenprüfung mit Spitzennoten ... Wir haben dir alles ermöglicht, um mehr daraus zu machen. Andere können davon nur träumen!«

Mama stützte die Hände auf die Tischplatte und stierte mich nieder. Papa fixierte mit verschränkten Armen die das beigefarbene Platzset vor ihm.

»*Du* hast immer davon geträumt, oder?«, wagte ich einen Vorstoß in Mamas Richtung. »Die gehorsame kleine

Vorzeigetochter, die deinen Weg einschlägt und genau das erreicht, was du dir für sie vorgestellt hast.«

»Es geht hier doch nicht um mich«, fauchte sie und der Tisch erbebte unter dem Druck, mit dem sie sich darauf abstützte. »So viel Drama hätte ich dir gar nicht zugetraut. Du hast ein solches Talent, Marie. Dieses Verständnis für die kompliziertesten Zusammenhänge dieses Planeten ist dir in den Schoß gefallen. Und du verschwendest es aus einer simplen Laune heraus wie ein verliebtes Teenagermädel.«

Vor wenigen Wochen noch hätte sie mich mit diesem Argument gekriegt. Sie hätte es geschafft, mir ein schlechtes Gewissen einzutrichtern. Als brächte ein hoher Intelligenzquotient die heilige Verpflichtung mit sich, Physikerin zu werden.

»Ich muss nichts tun, was mich unglücklich macht, auch wenn es mir zufälligerweise leichtfällt, Mama.«

»Hast du das aus einem Sprüchekalender?«

»Gehen dir die Argumente aus, oder warum wirst du sarkastisch?«

Unsere Blicke trafen sich und ich registrierte die Überraschung in ihren grauen Augen, die den meinen so ähnlich waren. Mein Herz verkrampfte sich.

Papa räusperte sich. »Sabine ... Vielleicht sollten wir nach einer Lösung suchen, mit der Marie auch einverstanden ist, anstatt uns gegenseitig an klugen Kommentaren zu übertrumpfen.«

Es klang vernünftig, selbst Mama schien das einzusehen. Sie setzte sich auf den Stuhl, der unberührt hinter ihr gestanden hatte, und schüttelte ihre Hände aus, als sie glaubte, ich würde es nicht sehen. Selbst vor der hellgrauen Wand der Küche wirkte sie blass.

»Es tut mir leid, dass ich euch nichts von der Wohnung und dem Studium gesagt habe«, murmelte ich und meinte es auch so. Andererseits war ich mir ziemlich sicher, dass das Verschweigen eine kluge Idee gewesen war. Andernfalls hätten sie mich direkt wieder zurückgezerrt und ich ... Ja, vor ein paar Wochen noch wäre ich diesem Wunsch vermutlich gefolgt.

»Ich habe mit Dekan Mertens gesprochen«, erklärte Mama mit ruhiger Stimme. Ich glaubte kurz, mich verhört zu haben. So dreist war sie doch nicht wirklich vorgegangen?

»Er wäre bereit, dich wieder aufzunehmen, die Exmatrikulation unbürokratisch rückgängig zu machen und deine bisherigen Leistungen vollständig anzuerkennen.«

Ich starrte sie an. Die Mühe, die sie aufgewandt hatte, um meine Zukunft zu retten, wie sie es sicher betrachtete, ließ mich völlig kalt. Aber es schockierte mich schon, dass sie mich überhaupt nicht zu verstehen schien, obwohl das aufgrund ihrer Intelligenz eigentlich unmöglich war.

»Nein«, antwortete ich deutlich. Mamas flache Hand krachte auf den Tisch und ich zuckte zurück.

»Du könntest deine Wohnung behalten, wenn du darauf bestehst«, schlug sie vor, die Stimme nur mühsam ruhig gehalten.

»Trotzdem nicht.«

Begriff sie es denn nicht? Ein Sturm aus Entrüstung tobte durch mein Blut. Wie von allein richtete ich mich gerader auf, ich hielt meinen Rücken durchgedrückt und das Kinn erhoben, als wollte auch mein Körper für meine Interessen einstehen.

»Hat dich dieser *Bauerntrampel* dazu gebracht? Mmh?«

Ich schnappte nach Luft, aber Mama war noch nicht fertig. »Hat er dir diesen Unsinn eingetrichtert, damit du dein Studium aufgibst und einer simplen Beschäftigung nachgehst, wie es sich für eine Frau vom Land gehört?«

»Er hat mir *gar nichts* eingetrichtert.«

Meine Stimme bebte vor Wut und in meinem Ohr erwachte ein fieses Klingeln.

Mama lachte spöttisch auf.

»Falls doch«, ätzte sie und nagelte mein Herz allein mit Blicken an die graue Wand hinter mir.

»Erinnere dich, dass er dich gerade eben für diese schicke Mieze sitzengelassen hat. Dein kleiner Protestzug war also völlig umsonst. Und wenn du jetzt bitte wieder zu Verstand kommst und dein Leben selbst in die Hand nimmst ... Dann steht unser großzügiges Angebot noch *bis morgen.*«

Ich schüttelte den Kopf. Das Klingeln in meinen Ohren schwoll zu einem Dröhnen an, so wütend war ich.

»Es spielt keine Rolle, was mit Aron ist«, antwortete ich. »Ja, ich nehme mein Leben selbst in die Hand, da hast du ganz recht. Genau deshalb lasse ich mir nichts eintrichtern. Von ihm nicht. Aber von euch auch nicht. Und erpressen lasse ich mich schon gar nicht.«

Und damit stand ich auf, schob den Stuhl *nicht* ran und ließ meine glanzlosen Eltern in der kargen, undekorierten Küche zurück, wo alles noch viel düsterer wirkte als vorher. Sekunden später knallte ich die Haustür hinter mir zu und erst danach erlaubte ich mir, in Tränen auszubrechen.

Kapitel 19

... in dem ich erkenne, was bleibt,
wenn so vieles verloren scheint.

Ich marschierte zu Fuß zurück zu meiner Wohnung. Schon nach wenigen Metern hatten sich meine ausgelatschten Turnschuhe mit eisigem Regenwasser vollgesogen, aber ich spürte es kaum. Die heiße Wut über die Blindheit meiner Eltern raste durch mich hindurch wie eine Lavaeruption.

Ich hätte nie erwarten dürfen, dass sie Verständnis für mich aufbrachten. Ich hätte ahnen müssen, dass Mama bloß ihre eigenen Interessen verstand und Papa ihre Ansichten nicht hinterfragte.

Ich stapfte unter einer mit Sternen verzierten Straßenlaterne hindurch, ließ ihren Schein über mich hinwegziehen, ohne einen Blick für sie zu erübrigen. Ehrlicherweise war mir kotzübel und ich wollte gerade nichts und niemanden sehen, nicht einmal die zauberhafte Münsteraner Straßenbeleuchtung.

Die eisigen Winde auf meinen Wangen und in meinem Haar (in der Hektik hatte ich weder an Mütze noch an Handschuhe gedacht) schafften es nach einer gefühlten Ewigkeit, meinen Zorn herunterzukühlen. Ich musste seit über einer Stunde unterwegs sein, war aber noch lange nicht angekommen. Und auch wenn die Wut langsam verebbte, blieb kaum etwas übrig als triste Leere in meinem Innern.

Mama hatte ihren giftigen Stachel in mein Herz gerammt, den nicht einmal die allgegenwärtige Weihnachtsstimmung vertreiben konnte. Ganz abgesehen von Aron, der den riesigen Glücksballon in meinem Innern hatte platzen lassen, als er in das Auto dieser Hexe gestiegen war. Selbst meiner bisweilen kreativen Fantasie gelang es nicht, daraus eine unfreiwillige Entführung zu basteln.

Was bleibt?, fragte ich mich, hielt für einen Moment inne und hob das Gesicht gen Himmel. *Was bleibt nach dem, was ich heute verloren habe?*

Die Frage hallte klirrend in meinem leeren Innern wider. Ich schloss die Augen, nur der Wind drang leicht und kalt unter meine Wimpern. Und obwohl ich weder an Gott noch an irgendein Weihnachtswunder glaubte, bat ich das große dunkle Nichts über mir um Orientierung. Darum, etwas zu finden, irgendetwas, das mich mit Licht erfüllte.

Ich brauchte fast drei Stunden, bis Lohmanns Hof in Sicht kam.

Mit unter die Achseln gestopften Fäusten stapfte ich durch den eisigen Matsch weiter darauf zu. Meine Füße spürte ich schon seit einer Stunde nicht mehr, sie fühlten sich einfach nur an wie wackelige und erstaunlich schmerzhafte Eisklötze, die jemand an meine Beine geschraubt hatte, die aber eigentlich gar nicht zu meinem Körper gehörten.

Endlich, seufzte ich innerlich, als mir das weiche Licht von Hedwigs Gartendekoration entgegen schien und mich beinahe wärmend in Empfang nahm.

Ich ging auf meine Wohnungstür zu, als mich die erste Schneeflocke sanft auf der Wange berührte. Dann benetzte die zweite meine Stirn. Eine dritte fiel wie im gleitenden Tanz vor meine Füße. Es begann zu schneien, am Abend vor Weihnachten. Ein Funke erwachte in meinem Herzen, zündete ein kleines Feuer der Hoffnung.

Im fünften Versuch gelang es mir, den Schlüssel ins Schloss zu fummeln und dann ...

... dann war ich zu Hause.

Die Wärme schmerzte auf der Haut, half gleichzeitig aber, meine Gedanken zu unterbrechen. Es verlangte mir jedes bisschen Willenskraft ab, mich auszuziehen.

Erst in der heißen Badewanne hörten meine Hände auf zu zittern und meine Füße erwachten zu neuem Leben. Ich fühlte die Konturen meines Körpers, spürte jeden Zentimeter Haut, nun, da die Wärme wieder in mich drang und mich belebte.

Jede Linie meines Körpers wurde mir bewusst. Dort, wo vorher nur weite, ungreifbare Leere geherrscht hatte, kehrten die Umrisse zurück, schmerzhaft, ja, aber ich spürte sie wieder.

Und vielleicht war genau das die Antwort des Universums auf meine Suche nach Orientierung.

Das hier war *ich* und *ich* war hier, hier bei mir.

Ich selbst war der Grund, warum ich drei Stunden im eisigen Wetter ausgehalten hatte, warum ich nicht zerbrochen war, als meine Eltern sich nicht für mein Unglück interessierten. Genau aus diesem Grund hatte ich die Kraft aufgebracht, mein Elternhaus zu verlassen und nach Hause zu laufen.

Wegen *mir*.

Ich war der Grund.

Dieses neue Vertrauen in mich selbst und dieses Bewusstsein, wertvoll zu sein, die mich dazu gebracht hatten, Mama zu widersprechen und mich gegen ihre Manipulationen zur Wehr zu setzen.

Dieses *Ich* war immer noch da.

Und ich würde es mir nicht mehr nehmen lassen, genau wie ich es Mama und Papa gesagt hatte: Weder von Aron, der mich wohl verarscht hatte, noch von meinen Eltern, denen mein Wohlbefinden zweitrangig erschien.

Ich war noch da, hier drin.

Fast wäre ich in der Badewanne eingeschlafen. Es kostete mich einen Haufen Kraft und Überwindung, mich abzutrocknen und in meinem wärmsten Kuschel-Onesie unter die Bettdecke zu kriechen.

Und genauso wachte ich wieder auf. Ich erstickte fast in der Hitze der dicken Winterbettwäsche und warf sofort die Decke von mir. Meine Haut prickelte noch immer von ihrer gestrigen Erfriererfahrung, aber sie schmerzte nicht mehr. Sie fühlte sich neu an, sensibel und dennoch robust, als würde alles Übel von ihr abprallen.

Vor dem Fenster battelten sich die beiden Tauben mit ihren neuesten Rhythmusmoves. Das einzig Neue an dem Bild war die leichte Schneedecke, die das Dach einhüllte.

Ich hatte es mir also nicht eingebildet. Es hatte wirklich begonnen zu schneien, in der Nacht vor Heiligabend. Weiße Weihnachten hatte ich seit meiner Kindheit nicht mehr gesehen. Und ich, die nicht an Wunder glaubte, spürte das leise Lächeln auf meinem Gesicht wie die Heilung von einer kurzen, heftigen Krankheit.

Ein Blick auf mein Smartphone verriet mir, dass es noch nicht einmal acht Uhr war. Ich rief Elena trotzdem an.

»Hey Mariechen.« Sie gähnte.

»Hi Elena. Entschuldige, dass ich störe ...«

»Du kannst mich immer anrufen, weißt du doch. Außerdem heißt der Feiertag Heilig*abend,* weil man ihn erst abends feiert. Oder hast du schon mal von Heiligmorgen gehört? Ich nicht. Trotzdem schon mal frohe Weihnachten, Mariechen. Sagt man das schon zu dieser unchristlichen Uhrzeit?«

»Keine Ahnung«, erwiderte ich grinsend. »Dir auch frohe Weihnachten.«

»Na, mal sehen, wie froh die werden. Meine Schwester Kira und ihre Frau sind auf dem Weg ins Krankenhaus.

Dem Baby genügt es offensichtlich nicht, das Wunder des Lebens zu sein. Es muss auch noch ein Weihnachtswunder werden und hat sich drei Wochen zu früh auf den Weg gemacht. Mama ist völlig durch den Wind, Papa dreht Runden vor dem Kamin wie ein eingesperrter Tiger mit Bierbauch. Meine Schwester Anni und ihr Mann fetzen sich schon seit gestern wie die Schneeleoparden, weil sie sich gegenseitig vorwerfen, nachts zu faul zu sein, um ihr Baby zu versorgen. Ob das bei denen immer so ist? Na ja, und was mein Bruder Benne nachts mit seiner Freundin anstellt – nun, sagen wir einfach, es hält alle anderen wach.«

Sie seufzte und ich musste endgültig lachen.

»Apropos Weihnachtswunder«, warf ich ein. »In Münster hat es geschneit.« Ich wartete nur darauf, dass Elena explodierte. Sie liebte Schnee.

»Ist nicht dein Ernst. Ausgerechnet jetzt, wo ich nicht da bin? Wenn die nächste Nacht hier wieder so wird, komme ich um Mitternacht zurück. Vielleicht begegne ich ja dem Weihnachtsmann. Oder dem Christkind, wie Mama jetzt sagen würde.«

Allein das Wort Mama stach tief in meinem Herzen.

»Hast du mein Geschenk schon bekommen?«, fragte ich rasch, um das Thema zu wechseln. Ich hatte es ihr per Post geschickt, aber nicht daran gedacht, dass ungefähr jeder Mensch dieser Erde zu Weihnachten Post verschickte und es daher Verzögerungen gab.

»Jap. Es liegt unter dem Weihnachtsbaum. Mama hat mitbekommen, wie ich es in Empfang nahm und mich gezwungen, mit dem Auspacken zu warten. Jetzt liegt es da und starrt mich mit bittenden Augen nieder.«

Ein frustriertes Geräusch drang aus ihr hervor und ich konnte förmlich sehen, wie sie die Augen verdrehte.

»Und dein Geschenk? Hast du es gefunden?«

»Wie, gefunden?«, fragte ich ratlos und überlegte in rasender Geschwindigkeit, ob sie mir irgendeinen Hinweis auf ein Geschenk gegeben hatte, der mir entfallen war.

Elena kicherte. »Wusste ich's doch. Ich habe es versteckt. Dort, wo du nie suchen würdest.«

Ich zögerte.

»In dem Badezimmerschrank mit den Putzsachen. Erwischt!«, jubelte Elena und mir entwich ein leises Lachen. Tatsächlich hätte ich gestern noch das Bad geputzt, wären nicht Opa Kalles Gewehr, Cheyenne, Mama und Arons Abgang dazwischengekommen ...

Ich schluckte den aufkeimenden Schmerz hinunter und sprang ins Bad, riss den kleinen Schrank auf. Und da lag es: ein gold-rot verpacktes Geschenk, das geradeso auf meine Handfläche passte.

»Tja, mich hält niemand vom Auspacken ab«, sang ich ins Telefon und riss das Papier herunter. Heraus kam eine Schneekugel. Ich setzte mich auf den Badezimmerboden und schüttelte sie leicht.

»Sie ist so schön«, murmelte ich gerührt und betrachtete die Miniaturflocken, die langsam auf die Szenerie herabschwebten. Eine Gruppe von Hirschen, die um eine Tanne herum aufgestellt war ... Eine eisige Faust griff nach meinem Herzen, als mir klar wurde, woran mich dieses Bild erinnerte.

Es sah fast genauso aus wie die funkelnde Schaufensterauslage des *Jakobi*. Tränen brannten in meinen Augenwinkeln. Rasch rieb ich mir übers Gesicht.

»Was ist los?«, fragte Elena und jedes Lachen verschwand aus ihrer Stimmlage. Sie musste allein an meinem Schweigen gehört haben, dass etwas nicht stimmte.

»Ich ...« Ich schluckte noch einmal, holte stockend Atem ... und brach in Tränen aus. *Verdammt noch mal.* Es ließ sich einfach nicht aufhalten.

»Marie!« Es dauerte ein paar Minuten, in denen ich mich sammelte.

Und dann erzählte ich Elena alles. Von dem Abend mit Aron in den Sägespänen, von seiner Geschichte und seinem Unglück, das er für seinen eigenen Erfolg zu empfinden schien. Und von allem, was ich sonst noch in diesen Abend hineininterpretiert hatte.

Ich erzählte von Opa Kalle und Cheyenne und dem Moment danach, wo Aron sich auf unseren gemeinsamen Abend zu freuen schien. Und von Mamas Auftritt und von Cheyennes Erfolg, Aron mit sich zu schleifen. Von dem Streit im Haus meiner Eltern und meinem nächtlichen Frostspaziergang.

Es tat weh und gleichzeitig gut, all diese Dinge in Worte zu fassen und damit noch ein weiteres Mal zu durchleben. Als ich schniefend zum Ende kam, fluchte Elena lautstark.

»Soll ich zurückkommen? Du weißt, ich meine das absolut ernst. Wenn du mich brauchst, steige ich heute Abend in den Zug und komme nach Münster zurück.«

»Nein, nein«, murmelte ich leise. »Ich liebe dich für dieses Angebot noch ein bisschen mehr, aber ich komme wirklich zurecht.«

»Sicher?«

»Versprochen. Ich habe ja noch mich.« Es sollte ironisch klingen, aber Elena, die Scherzhaftigkeit in Person, lachte nicht. »Das hast du tatsächlich.«

Wegen ihrer liebevollen Reaktion kamen mir schon wieder die Tränen. Rasch rieb ich sie mit der freien Hand von meinen Wangen.

»Ich muss langsam los«, unterbrach ich das emotionale Gespräch und warf einen Blick auf die Backofenuhr.

»Du willst arbeiten gehen?«, erwiderte Elena fassungslos. »In dem Zustand? Du könntest dich krankmelden. Ich bin sicher, deine Chefin hätte Verständnis. Sie hat Sabine doch schon mal kennengelernt, oder?«

»Nein«, murmelte ich leise. »Äh, ja. Doch, Sonja hat Mama kennengelernt. Aber ich möchte mich gar nicht krankmelden. Ich glaube, die Arbeit würde mir heute guttun. Ich habe sie mir gesucht, um mich von dem zu distanzieren, was ich von zu Hause kenne. Vielleicht bin ich dort heute genau richtig.«

Außerdem wollte ich Sonja den Tag nicht unnötig stressiger machen, als er vermutlich ohnehin schon war.

Kapitel 20

... in dem ein Fremder die Herzen der Galerie erobert.

Die Tasse klirrte leise auf dem Tablett, während ich es durch die Tischreihen trug. In der gedämpften, vorfreudigen Atmosphäre mochte es niemand außer mir hören, aber das leise Klirren drang bis in mein Inneres, erinnerte mich an das tinnitusähnliche Geräusch, das mich während meiner Zeit bei Mama und Papa gequält hatte.

»Danke sehr«, sagte die ältere Dame, als ich ihren Kaffee abstellte. Auch auf ihr faltiges Gesicht zauberte der nahende heilige Abend eine friedliche, ruhige Stimmung, um die ich sie nur beneiden konnte.

Der Tag hatte trüb und nebelig begonnen. Wegen der verschneiten Wege hatte ich mit dem Fahrrad bis in die Innenstadt zwar nicht so lange gebraucht wie gestern Abend, als ich vom Haus meiner Eltern zurück zu Lohmanns Hof gelaufen war. Aber es genügte, damit ich meine Finger und Zehen kaum noch spürte. In der beheizten Galerie der Arkaden hatte sich dieses Problem schnell gegeben.

Ich floh vor der zufriedenen alten Dame zurück in die Küche des *Zuckerpöttchen*. Gegenüber warf das *Jakobi* seinen verführerischen Schein in die glänzende Atmosphäre der Galerie und ich konnte mir den zornfunkelnden Blick in Richtung der traumhaften Auslage nicht verkneifen.

Die Schneekugel von Elena war *doch* anders, beschloss ich. Sie war viel schöner als dieses Luxusschaufenster, viel herzlicher und wärmer. Ich hatte Elena selten so fluchen gehört wie während unseres gestrigen Telefonats. Und sie hatte sogar angeboten, nach Münster zurückzukommen ... Bei der Erinnerung flog ein Funken Wärme zurück in mein Herz.

Es war nicht gelogen, als ich ihr Angebot mit dem Versprechen abgewiesen hatte, dass es mir gutging. Denn ich wusste, dass ich stark genug war, diese Sache zu überstehen. Aber ich spürte auch, dass die doppelte Enttäuschung eine Weile brauchen würde, bis ich sie verarbeitet hätte.

Ich bediente ein junges Paar, das sich einen der Plätze in der offenen Galerie gesichert hatte und am vierundzwanzigsten Dezember nach Eis fragte. Also nach Eis *zum Essen*, mitten im Winter. Als hätten sie das Bedürfnis, der kalten Dunkelheit den Mittelfinger zu zeigen, genauso wie ich es mit meinen Lichterketten tat.

Sie waren mir direkt sympathisch.

Ich brachte das Zimteis mit warmem Pflaumencrumble und beobachtete dann über meine Schulter hinweg das Strahlen in ihrem Gesicht. Als sie begann, ihren Freund mit dem Eis zu füttern, wandte ich mich ab und atmete tief gegen den Schmerz in meiner Brust ein. Hier, im offenen Teil des Cafés, leuchteten überall die funkelnden Lichter der Arkaden – an den Weihnachtsbäumen, den Lichterketten und den Sternimitationen, die von der drei Stockwerke hohen Decken baumelten. Wie ich dieses Leuchten liebte und zugleich wieder nicht. Als würde es mir einerseits die Abgründe meines Herzens aufzeigen und mich andererseits von ihnen heilen.

Ich bin noch hier, sagte ich mir. *Alles Weitere wird sich finden.*

Der nächste Gast auf meiner imaginären To-Do-Liste war ein Mann um die fünfzig in eher schäbigen Klamotten, der allein an einem Tisch saß. Ich seufzte, bevor ich ihm auf die Schulter klatschte.

»Was machst du denn hier, Georg?«

»Moin Curie.«

Lachfalten zogen sich über Onkel Georgs Wangen, als er den Kopf zu mir drehte.

»Hab gehört, du arbeitest jetzt hier.« Er machte eine Geste durch das funkelnde Lokal. Bei ihm klangen diese Worte ganz anders als bei meinen Eltern. Als wäre es das Normalste der Welt, dass Marie Keppeler, Tochter der renommierten Astronomin Sabine Keppeler in einem Café in der Innenstadt Menschen bediente.

»Genau.«

»Das hättest du doch mal eher sagen können, Curie. Dann hätte ich meinen Hintern schon früher herbewegt, statt immer nur in der Werkstatt den fiesen Automatenkaffee zu ziehen.«

Ein Grinsen stahl sich auf meine Lippen.

»Was haben Mama und Papa noch erzählt?«, fragte ich, ohne zu wissen, ob ich die Antwort ertragen würde.

Onkel Georg zuckte die Achseln.

»Das erzähle ich dir, wenn du mir einen schönen Cappuccino geholt und dich zu mir gesetzt hast.« Er zwinkerte.

Ich lächelte über diesen Erpressungsversuch, der so viel freundlicher war als alles, was Mama in den letzten Tagen vorgebracht hatte. Sonja ließ mich Pause machen, ich holte zwei Cappuccino und setzte mich meinem Onkel gegenüber auf einen Korbflechtstuhl. Er seufzte, nachdem er an seiner Tasse genippt hatte.

»Also?«, fragte ich und rührte angespannt in meinem Kaffee.

»Was deine Eltern mir erzählt haben? Nun, das, was sie dir vermutlich auch vor die Nase gesetzt haben. Genau wie du habe ich versucht, ihnen zu erklären, dass es deine Entscheidung ist. Selbst wenn du diese Entscheidung für einen schlunzigen Typen vom Land triffst – was ich nicht glaube –, wäre es immer noch deine Entscheidung.«

Er zuckte wieder die Achseln, als wäre das ganze Drama halb so wild und keine Aufregung wert. Eine der Eigenschaften, die ich in aufreibenden Situationen wie dieser umso mehr an Onkel Georg liebte.

»Danke, dass du es ihnen erklärt hast.«

»Du weißt ja, dass sie niemals auf einen einfachen Mechaniker wie mich hören würden, von daher bringt es sicher nicht ganz viel ...«

Ein leises Lachen brach über meine Lippen und ich trank rasch einen Schluck Kaffee.

»Aber sag mal ... Ist dieser Typ wirklich so schlunzig, wie Sabine behauptet?« Ich verschluckte mich beinahe am heißen Kaffee, ob vor Entrüstung oder Lachen wusste ich selbst nicht so genau.

»Du wärst überrascht, wie wenig schlunzig er sein kann.« Mehr sagte ich nicht. Allein über Aron zu sprechen tat weh. Georg schien mein Zögern zu bemerken und nickte langsam.

»Schade. Ich mag schlunzige Menschen.«

Ich rührte weiter in meinem Cappuccino, genoss das Gespräch und wollte zugleich lieber fort, um nicht mehr an Aron oder gar an Mama zu denken.

»Hey, Marie.«

Ich sah auf, als Onkel Georg mich so ungewöhnlich beim Vornamen nannte.

»Mach dir keine Sorgen. Deine Eltern werden sich daran erinnern, wie lieb sie dich haben. Und dass es keine Rolle spielt, welchem Beruf du nachgehst. So wie ich deine Mama kenne, wird es wohl nur ein wenig dauern.«

Ein kleines Lächeln breitete sich über sein von grauen Bartstoppeln übersätes Gesicht aus. Ich nickte, dankbar für seine aufmunternden Worte und verabschiedete mich von meinem so weisen und stets unterschätzten Onkel.

»Frohe Weihnachten, Curie. Ich bin stolz auf dich«, sagte er und winkte zum Abschied. Nach dieser Pause fühlte sich mein eigenes Lächeln um einiges echter an als zuvor.

Um kurz vor vierzehn Uhr war das Café noch immer voll, aber ich hielt mich an Sonjas strikte Anweisung, keine neuen Gäste mehr einzulassen. Die Feiertagsregel verbat es, obwohl ich mich in der leuchtenden Galerie, umfangen von Zimt- und Glühweinduft und unter all den zufriedenen Menschen gerade so besinnlich fühlte, dass ich gern weitergemacht hätte. Andererseits hatte ich meinen Weihnachtsplan mit *Tatsächlich ... Liebe* und den Nutellacroissants noch nicht aufgegeben.

»So«, seufzte Sonja und legte ihre Schürze zur Seite. »Geschafft. Nach den Feiertagen sollte es ruhiger werden. Du bleibst mir doch erhalten?«

»Klar.« Verdutzt starrte ich sie an und Sonja lachte leise.

»Schön. Du hast dich sehr gut hier eingefunden und ich bin froh, dass du Teil dieses Teams bist. Ob dich nun der Herr geschickt hat, an den du nicht glaubst, oder sonst etwas.«

Sie zwinkerte. Überrascht lächelte ich zurück. Ich hatte ihr nie von meinem Nicht-Glauben erzählt. Aber es schien Sonja überhaupt nicht zu stören.

»Ich wünsche dir ein frohes Weihnachtsfest, liebe Marie.«

»Danke sehr, das wünsche ich dir auch.«

Wir verließen das Café gemeinsam, beide schon in dicke Winterjacken gehüllt, und scheuchten die letzten Gäste aus dem geschlossenen Bereich des *Zuckerpöttchen*. In der

Galerie waren noch einige Leute unterwegs, die sich nur langsam in Richtung der Ausgänge schoben.

Sonja verschloss sorgfältig die großen Glastüren. Die meisten der Lichter in der Galerie waren bereits gedimmt worden, aber die Sterne unter der Decke leuchteten weiter. Erst als ich den Blick wieder senkte, bemerkte ich, wer an der Brüstung gegenüber lehnte und mich beobachtete.

»Ist das etwa Jakobi?«, gab Sonja von sich, die Fassungslosigkeit troff aus jeder Silbe ihrer Worte. Einige Passanten drehten sich um und beobachteten Aron genauer, der in seiner schmuddeligen Arbeitshose und dem rissigen alten Sweatpulli an der Brüstung lehnte. Nur der geschiente Fuß wollte nicht ins Bild passen. Im Hintergrund schloss Cheyenne das *Jakobi* ab, neben ihr standen drei wichtig aussehende Männer, die wohl irgendwelche Investoren sein mussten. Und Aron ... er wirkte in seinem Aufzug so vollkommen fehl am Platz, dass mir einen Augenblick lang die Worte fehlten.

»Scheint so«, murmelte ich reichlich verspätet, ohne den Blick von Aron losreißen zu können.

»Eigentlich heiße ich nur Aron Lohmann«, sagte er in dem Moment und kam in langen Schritten auf uns zu. »Sie sind Sonja Thales, richtig? Freut mich, dass wir uns persönlich kennenlernen.«

Er schüttelte ihre Hand, Sonja fand noch immer keine weiteren Worte. Ihre Hand blieb in der Luft hängen, als Aron sie losließ. Dann wandte er sich an mich.

»Ich bin hier, um dich abzuholen.«

Unsere Blicke trafen sich. »Wenn du nichts dagegen hast«, ergänzte er.

Mein Herz raste durch meinen ganzen Körper, meine Augen zuckten zwischen Arons Lächeln, Sonjas aufgerissenem Mund und den verärgerten Blicken des Grüppchens vor dem *Jakobi* hin und her.

»Okay«, hauchte ich und fragte mich zugleich, was zur Hölle, an die ich nicht glaubte, hier gerade passierte.

»Das hatte ich gehofft«, raunte Aron, zog mich an sich und küsste mich vor der gesamten Galerie auf den Mund. So tief und innig, dass Sonja sich bestimmt längst verschämt abgewandt hatte. So fest und vereinnahmend, dass niemandem der kleinste Zweifel aufkommen würde, dass er sich für mich entschieden hatte, für die kleine, so gewöhnliche Kellnerin von nebenan. Hitze schoss durch meine Venen, lief über mein Gesicht und kribbelte in den Zehen.

Er war in seiner einfachsten Arbeitskleidung hier, direkt vor der Nase seiner Investoren, direkt vor Cheyennes Nase und presste mich an sich, zeigte ihnen allen, dass er zu mir gehörte und ich zu ihm. Er hatte sich Sonja vorgestellt, freundlich und respektvoll. Er hatte alles getan, was ich mir je von ihm hätte wünschen können. Meine Gedanken rasten wie besessen durch meinen Kopf, bis sich die eine große Erkenntnis herauskristallisierte.

Er hatte sich *für mich* entschieden.

Als Arons Zunge meinen Mund eroberte, verblasste jeder weitere Gedanke, nichts blieb außer dieser sinnlichen Berührung, dem Bewusstsein, geliebt zu werden und dem warmen Gefühl in meinem Innern, dass ich mein Herz wohl doch dem Richtigen geschenkt hatte.

Erst als jemand anfing zu applaudieren, kam ich wieder zu Verstand.

Dutzende gerührte Passanten beobachteten uns, grinsten und freuten sich mit uns. Irgendjemand murmelte sogar etwas von einem Weihnachtswunder, was zwar eher Arons Sinneswandel als mir gelten mochte, mir aber dennoch die Röte ins Gesicht trieb.

»Okay ... Jetzt wird es selbst mir langsam zu kitschig«, murmelte ich und rieb mir über die heißen Wangen. Aron lachte leise an meinem Ohr.

»Dann komm. Wir hauen ab.«

Hand in Hand bahnten wir uns einen – wegen Arons geschienten Fußknöchels eher langsamen – Weg durch die letzten Passanten, bis in das Treppenhaus, das uns auf dem kurzen Weg hinausführen würde. Die Lichter blieben hinter uns zurück, ebenso die Leute, als die schwere Sicherheitstür ins Schloss fiel. Plötzlich waren wir allein im trüben Tageslicht, das durch den vergitterten Boden und durch die halboffenen Wände hereindrang.

Aron umrundete mich leicht humpelnd, und trat eine Stufe unter mich, sodass wir uns auf Augenhöhe begegneten.

»Marie«, raunte er und hauchte mir einen Kuss auf die Lippen.

»Ich ... habe ziemlich verrückte vierundzwanzig Stunden erlebt. Und wenn ich Mamas Erzählung richtig interpretiert habe, geht es dir genauso.«

Ich nickte, erkannte das schlechte Gewissen in seinen Augen, und hatte plötzlich das Gefühl, keine weitere Erklärung zu brauchen. Nicht hier, nicht jetzt.

»Wir können später darüber sprechen«, murmelte ich und nutzte die Gelegenheit, so leicht an seinen Mund heranzukommen.

Sanft knabberte ich an seiner Unterlippe, fuhr mit meiner Zunge über seine Zähne und strich mit meiner Nase über seine Wange. Etwas wie ein Feuerwerk raste durch jede Faser meines Körpers, als er meinen Nacken umfasste und mich so herzzerreißend tief küsste, dass ich es in meiner Seele zu spüren glaubte.

Erst als wir in einer Seitenstraße an meinem Fahrrad ankamen, erinnerte ich mich bewusst an Arons kaum verheilten Bänderriss.

»Wie bist du hergekommen?«, fragte ich skeptisch.

»Mit dem Taxi.« Aron zuckte mit den Achseln und griff nach seinen Krücken, die er an einer Laterne abgestellt hatte. Offenbar wurden Krücken in Münster nicht so gerne gestohlen wie Fahrräder.

»Und warum hast du die nicht mitgenommen, als du zu Fuß in die Galerie gekommen bist?« Ich deutete auf seine Gehhilfen.

»In Arbeitsklamotten sämtliche Investoren, Cheyenne und Passanten verschrecken, das kann ich. Die Krücken hat mein Stolz nicht zugelassen.« Er grinste verschmitzt.

Ich schüttelte ungläubig den Kopf. *Unfassbar.*

Kapitel 21

... in dem ich eine längst überfällige Erklärung bekomme.

Das Taxi wartete um die Ecke und ich wollte gar nicht wissen, wie Aron den Fahrer dazu gebracht hatte, mein Fahrrad in seinem Kofferraum zu akzeptieren. Zwanzig Minuten später erreichten wir Lohmanns Hof.

»Da seid ihr ja!« Hedwig kam uns entgegengelaufen, kaum dass ich mein Fahrrad in den Schuppen gestellt hatte. Verunsichert rieb ich mir die Arme.

»Es tut mir wirklich leid, was meine Mutter dir alles ...«

»Schon gut, Liebes. Es war ja nicht deine Schuld und ich bin sicher, deine Mutter hat es bestimmt nicht so gemeint.«

Doch, das hat sie, dachte ich, beließ es aber dabei. Vermutlich hatte Onkel Georg recht und Mama würde irgendwann begreifen, dass sie in dieser Sache einfach im Unrecht war.

Hedwig schloss erst mich in die Arme, dann Aron. Perplex erwiderte ich die Umarmung.

»Ihr beide habt mir gestern einen schönen Schrecken eingejagt.« Sie warf einen leicht vorwurfsvollen Blick auf ihren Sohn, der sie mit einem einzigen Lächeln entwaffnete. *Typisch Aron,* dachte ich und schrieb mir eine gedankliche Notiz, dass ich ihn trotz dieses Lächelns bloß nicht mit allem davonkommen lassen würde.

»Schafft ihr es zu achtzehn Uhr? Zum Abendessen.«

»Was ... Wie bitte?«

»Oh, entschuldige, Marie. Ich wollte dich schon vor Tagen einladen, heute mit uns zu essen. Natürlich nur, wenn du magst und keine anderen Pläne hast. Es gibt Rouladen.«

Die Lichterketten um uns herum sprangen an, weil die Dämmerung einsetzte, und beleuchteten Hedwigs aufrichtig erwartungsvolles Gesicht.

»Mamas Rouladen sind die besten der Welt«, beschwor Aron und unsere Blicke trafen sich. Keine Spur von Sorge oder Bedenken, dass ich Heiligabend mit seiner Familie zusammen verbringen könnte. Ich verharrte einen Moment tief versunken in diesen warmen braunen Augen und ich schwöre, er zwinkerte mir heimlich zu.

Ein Lächeln sprang auf meine Miene.

»Alles klar, ich ... hüpfe nur schnell in die Dusche. Und vielen Dank für die Einladung.«

Hedwig strahlte.

»Ich helfe dir«, wandte Aron ein. Seine Mutter und ich warfen ihm denselben ungläubigen Blick zu.

»... mit deiner Tasche. Nicht mit der Dusche. Ich meine, ... ich trage deine Tasche für dich.«

Er jonglierte einen Augenblick mit seinen Krücken, schaffte es aber, sich meine Tasche über die Schulter zu werfen, ohne zu Boden zu gehen. Hedwigs Augenbrauen wanderten bis in ihren Haaransatz. Ich öffnete den Mund, um dieses Verhalten irgendwie zu erklären, aber die Worte gingen mir auf dem Weg hinaus verloren.

»Ähm, gut. Dann bis später. Wir freuen uns, dass du uns Gesellschaft leistest, Marie.«

Hedwigs warmes Lächeln berührte mich ganz tief, irgendwo da, wo der leise Schmerz über das Verhalten meiner Eltern pochte. Sie warf Aron einen letzten Blick zu, den ich nicht recht deuten konnte, der ihn aber erröten ließ, bevor sie zurück zum Haus eilte.

»Ist es wirklich in Ordnung für dich, wenn ich an Heiligabend mit euch zu Abend esse?«, fragte ich sofort, während wir uns wegen Arons Krücken etwas langsamer zu meiner Wohnung aufmachten. Ein Muskel an seinem Kiefer zuckte, als er zu mir herübersah.

»Was glaubst du, warum ich dich abgeholt habe?«

»Damit ich mit euch zu Abend esse?«

»Klar. Na ja, nicht nur. Ich wollte dir auch gern in der Dusche helfen.«

»Oh, wie charmant.«

»Charmant ist mein zweiter Vorname.«

»Und ich dachte, der wäre Jakobi.«

Sein halbernster, mürrischer Blick traf mich von der Seite. »Na gut, das habe ich wohl verdient.« Ich lachte.

»Ich werde dir schon noch zeigen, wie charmant ich sein kann.«

Grinsend schloss ich die Wohnungstür auf. Aron humpelte zum Bett, sank sofort darauf nieder und legte den Fuß hoch. *So viel zum Thema ohne Krücken laufen.*

»Brauchst du wieder was zum Kühlen?«

»Hast du noch dieses Zimtsterneis? Ich kann aber nicht garantieren, dass ich es zum Kühlen verwende.«

»Nicht vor dem Abendessen«, ermahnte ich ihn mit erhobenem Zeigefinger. Aron lachte, so offen und ehrlich, dass mir das Herz aufging. Als hätte es den gestrigen Tag niemals gegeben, diesen Moment, als er mich keines Blickes würdigte und zu Cheyenne in dieses schicke Auto stieg ...

»Marie.« Er fing meinen Blick auf, ernster als zuvor, beinahe so, als hätte er meinen letzten Gedanken wahrgenommen.

»Als Cheyenne gestern vor der Tür stand ... und ich dich mit deiner Mutter gesehen habe ...«

Alles in mir verkrampfte sich, als er das Thema anschnitt. Ich lehnte mich an den Türrahmen, war mir darüber bewusst, dass es ein gutes Zeichen war, dass Aron mit mir darüber sprach. Andererseits war da eine seltsame Form von Angst in meinem Innern, dass Aron zu Cheyenne und seiner Arbeit zurückgefunden hatte und es sich bei dieser heutigen Einladung nur um eine kleine Entschädigung handeln sollte.

»Mir ist klar geworden, wie sehr ich die Zeit auf dem Hof liebe, wenn sie beide weit weg sind. Cheyenne mit all dem Stress, die mir diese dekadente Fassade aufzwingt, und deine Mutter. Nichts gegen deine Mutter, ich kenne sie nicht. Aber ich habe deinen Gesichtsausdruck gesehen, als ihr geredet habt, wie sehr sie dir zu schaffen machte. Ich weiß, wie stark du bist, wie sehr du für dich einstehst und dein Wohlergehen verteidigst. Und genau deshalb wollte ich das auch tun.«

Er kratzte sich am Kinn, als würde er seine Worte mit Bedacht wählen.

»Cheyenne hat mir ihre Pläne für die Zeit nach den Feiertagen heruntergerattert, vermischt mit den üblichen Vorwürfen, ich würde sie und den Laden im Stich lassen und mir völlig egoistisch ein paar Tage Urlaub auf dem Land gönnen mit meiner kleinen ... Ich erspare dir das Wort.«

Seine Zähne knirschten, als er sich unterbrach.

»Also habe ich ihr meine Pläne erklärt.«

Ein leises Lächeln vertrieb seine düstere Miene und ich hörte mein eigenes Herz in der Stille klopfen, während Aron seine Worte sortierte.

»Ich habe Anweisungen hinterlassen, wie sie den Laden weiterführen kann, gemeinsam mit ein paar klugen und freundlichen Menschen, die ich ausgewählt habe. Und dann habe ich ihr angekündigt, dass ich die meisten meiner Anteile am *Jakobi* verkaufen werde. Ich bleibe Teilhaber im Hintergrund, liefere weiterhin Musterobjekte, die Cheyenne dann massenhaft anfertigen lassen und zu Mondpreisen verschachern kann, wenn sie will. Aber ich bin raus aus dem täglichen Geschäft.«

»Ich ... ich wollte nie von dir verlangen, dass du meinetwegen dein Geschäft verkaufst«, stotterte ich. »Ich meinte nur, ...«

Er grinste über meine fassungslose Miene.

»Ich verkaufe es nicht deinetwegen. Aber du hattest vollkommen recht damit, mir vorzuhalten, was durch dieses Geschäft aus mir geworden ist. Du warst eine der wenigen, die mich nicht wegen des Geldes oder des Erfolgs vergötterten, sondern mir zu verstehen gab, was für ein Vollidiot ich war, diesen Dingen so viel Raum in meinem Leben zu geben. Vielleicht war es genau das, was mich so unzufrieden machte – dass ich so ein Mensch gar nicht sein wollte. Also nein, Marie, ich verkaufe den Laden nicht deinetwegen, sondern meinetwegen. Weil es mir damit besser gehen wird.«

Der warme Blick aus seinen braunen Augen ließ mein Herz zu einer Pfütze zerschmelzen. Ich konnte Aron kaum folgen, als er weitersprach.

»Es ist immer noch mein eigener Weg. Ich kann meine Figuren verkaufen und trotzdem auf dem Hof arbeiten. In welchem Umfang, das wird sich zeigen. Und ich verspreche dir: Wenn es mich unglücklich oder zu einem Arschloch macht, dann suche ich mir einfach wieder einen neuen Weg.«

Er wirkte so aufgeräumt und sicher in seiner Entscheidung, so ... zufrieden, dass ich nicht anders konnte, als dieses Lächeln zu erwidern. Er hatte sich meine Meinung zu Herzen genommen, als ich ihm sein herabwürdigendes Verhalten vorwarf. Und er hatte meine Stärke gelobt, diese Selbstliebe, die ich doch gerade erst für mich entdeckt hatte. Langsam trat ich in Socken auf ihn zu, setzte mich neben ihn auf das Bett.

»Ich ... bin beeindruckt«, gab ich zu. »Ich finde es großartig, welchen Weg du einschlägst.«

»Du hast es ausgelöst.« Er strich eine Haarsträhne, die sich aus meinem Zopf gelöst hatte, hinter mein Ohr. Mein Inneres begann allein wegen dieser Geste zu flattern, als fühlte es, dass hier etwas Großes seinen Anfang nahm. Aron richtete sich ein wenig weiter auf, um seine Hände freizubekommen.

»Und dafür bin ich dir dankbar.«

»Du musst mir nicht danken«, sagte ich sofort und lief schon wieder rot an.

»Wart's ab, wie sehr dir meine Dankbarkeit gefällt«, raunte er an meinem Ohr und allein diese Stimmlage genügte, damit die Härchen auf meinen Armen sich aufstellten. Alles in mir spannte sich an und ließ gleichzeitig los. Wie von selbst fanden meine Lippen die seinen, doch Aron zog sich im letzten Moment zurück, legte seinen Finger auf meine bebende Unterlippe.

»Wenn du mich jetzt küsst, werden wir ganz sicher zu spät zu den Rouladen kommen«, versprach er, die Augen so dunkel und voller Versprechen, dass etwas ganz tief in mir zu pochen begann. Ich schloss einen Moment lang die Augen, um ein wenig zu Verstand zu kommen. Er ließ mir die Wahl, wie dieser Abend verlaufen würde. *Ist mir egal, wenn wir zu spät hingehen,* wollte ich sagen und mich auf ihn stürzen.

Aber das stimmte nicht.

Ein lichterkettenverliebtes Mädchen voller romantischer Weihnachtsträume wie ich konnte unmöglich eine Einladung dieser wundervollen Familie an Heiligabend ausschlagen. Ich würde es bereuen, das wusste ich.

Mit kraus gezogener Nase wich ich einen halben Meter zurück. Aron grinste, als wüsste er ganz genau, was in meinem Inneren vor sich ging. Etwas Wildes lag in seinem Blick, als er sich auf die Unterlippe biss und mich so überzeugend wieder zu sich lockte ... Und beinahe hätte ich mich einfangen lassen. Aber dieses Spielchen würde ich ihn nicht gewinnen lassen. *So leicht kriegst du mich nicht.*

»Du kannst mir später danken«, hauchte ich frech und warf ihm eine Kusshand zu, bevor ich ins Badezimmer flitzte.

»Sobald mein Fuß wieder fit ist, wirst du mir nicht mehr so leicht entkommen!«, rief er mir nach.

»Ich freue mich drauf!«, gab ich durch die geschlossene Badezimmertür zurück und schüttelte dieses heftige Verlangen ab, sofort wieder umzudrehen. Ich stellte die Dusche mit Absicht um einige Grad kälter als gewöhnlich.

Kapitel 22

… von zwei Überraschungen an Heiligabend

Wir traten pünktlich ins Wohnzimmer, obwohl auch Aron darauf bestand, sich umzuziehen. Mir wären die alten Arbeitsklamotten genauso lieb gewesen, aber er lachte nur und meinte, ich hätte ab sofort genug Gelegenheit, ihn in seiner Uniform anzuschmachten. Doch meine Sorge davor, Aron schon wieder in diesem eleganten, glattgebügelten Schnöselanzug gegenüberzustehen, erwies sich als unbegründet. Ich wartete im oberen Flur des Hauses, als Aron aus seinem ehemaligen Jugendzimmer heraustrat. Er trug eine dunkle Jeans und einen schlichten, grünen Wollpullover über einem hellen Hemd. Rasch legte ich mein Gesicht an den weichen Strickstoff. Dies war zwar nicht mein favorisierter alter Sweatpullover, aber …

»Auch nicht übel«, musste ich zugeben.

»Und viel weicher als Sägespäne, oder?«, flüsterte er, damit niemand sonst ihn hörte, und ich drängte mich für einen Moment enger an ihn. Es würde eine Qual werden, für den Rest des Abends auf Abstand zu bleiben. Arons warmer Atem kitzelte meinen Nacken.

»Gegen die Sägespäne hätte ich jetzt auch nichts einzuwenden«, hauchte ich an sein Ohr.

Das Wohnzimmer sah aus wie ein explodierter Weihnachtskrimskramsladen. Ich liebte es sofort, von den tanzenden Stoffengelchen über dem Kamin bis zur amerikanisch angehauchten rotgrünen Sockengirlande. Herbert und Hedwig hielten in den letzten Vorbereitungen inne, Opa Kalle saß bereits auf seinem Platz und betrachtete ein Knallbonbon, das er von seinem Teller geschnappt hatte.

Aron zog mich an der Hand hinter sich her in den Raum.

Ich fragte mich gerade, wann er mich loslassen würde, damit seinen Eltern nicht sofort klar wäre, was zwischen uns passierte, als Aron direkt hinter der Schwelle stehen blieb und ich beinahe in ihn hineingelaufen wäre.

»Tja, Marie. Ein Mistelzweig. Kein Entkommen für dich.«

Sanft zog er mich an sich und küsste mich vor seiner versammelten Familie auf den Mund. Öffentliche Küssen schienen genau sein Ding zu sein.

Aber irgendwie überrumpelte es mich hier vor seiner Familie beinahe noch mehr als in der riesigen Galerie der Arkaden. Wie von allein legten sich meine Hände auf seine Brust, während in meinem Kopf das reine Chaos ausbrach rund um die hysterische Frage: *Hat er das gerade wirklich getan?*

Es blieb ein kurzer Kuss, bevor wir uns langsam voneinander lösten. Ich fragte mich, wie hochrot mein Gesicht mittlerweile wohl war, doch Aron lächelte nur mit funkelnden Augen auf mich herab und legte seinen Arm um meine Schultern. Der weiche Stoff streichelte meinen Nacken. Die Hitze blieb beharrlich auf meinem Gesicht, doch ich war die Einzige, der dieser Moment unbehaglich zu sein schien.

Hedwig strahlte. »Wenn ihr glaubt, das wäre jetzt eine Überraschung für mich, dann kennt ihr mich schlecht.«

Sie umarmte uns beide.

»Mmh«, machte Aron. »Diese Familie ist einfach schwer zu überraschen. Aber der Abend ist ja noch jung.« Er zwinkerte mir zu und ich schloss rasch meinen Mund, der aus irgendeinem Grund immer noch offen stand.

»Und noch schlechter kennt ihr Hedwig, wenn ihr nicht wisst, dass sie mich längst dreifach über alles informiert hat, was sie aufgespürt zu haben glaubt«, brummte Herbert. Opa Kalle hob seufzend die Schultern in meine Richtung und da musste ich endgültig lachen.

Geschenke gab es bei Lohmanns unkompliziert und in kleinem Rahmen vor dem Essen. Ich überreichte Hedwig und Herbert ein hübsches kleines Dekohäuschen, das ich vor Kurzem in einem meiner liebsten Krimskramsläden entdeckt hatte.

»Als Dankeschön, dass ich hier wohnen darf«, erklärte ich mit heißen Wangen. »Und weil ich mich in meiner

Wohnung so wohl fühle, dass sie wie ein neues Zuhause für mich ist.«

Hedwig umarmte mich und stellte das Häuschen entzückt auf den Kaminsims, wo sie noch eine Handbreit Platz zwischen ihren Engelchen fand. »Was für eine wunderbare Idee ... Nur ...« Sie verzog beunruhigt den Mund und mir blieb fast das Herz stehen, als ich vermutete, dass sie enttäuscht wäre. Aber dann packte ich mein Geschenk aus und konnte vor Lachen kaum an mich halten, als ich original dasselbe Winterhäuschen in der Hand hielt.

»Da hatten wir wohl denselben Gedanken«, schloss Hedwig lachend, als ich mein Dekohäuschen neben ihres stellte. Für Opa Kalle hatte ich auf die Schnelle Mandelplätzchen besorgt, die er grinsend in sein Versteck im Vitrinenschrank legte. Von Aron erhielt er das coolere Geschenk: eine Wasserpistole. Ich konnte nicht anders und brach in brüllendes Gelächter aus, als Opa Kalle das hellgrüne Etwas in seiner Hand fassungslos anstarrte. Ich war nicht die Einzige.

»Wat is dat für'n Kram, meen Jong'?«

»Dein neues Gewehr«, druckste Aron schmunzelnd und zeigte seinem Opa, wie er den weißen Hebel drücken musste, um Herbert nass zu machen. Da grinste auch Opa Kalle und ich schrieb mir eine gedankliche Notiz, dass ich ab sofort nur noch mit Regencape über den Hof gehen würde.

Allein an der Rindfleischsuppe, die Herbert zur Vorspeise auftrug, hätte ich mich drei Tage lang satt essen können. Der heiße, intensive Geschmack sickerte in mich hinein und dämpfte den letzten Rest an Nervosität. Die verschiedenen Lichterketten und sämtliche Kerzen des Raumes spiegelten sich funkelnd auf der Suppenoberfläche und den Löffeln.

Aron hatte nicht übertrieben, als er die Rouladen seiner Mutter so hoch gelobt hatte. Ich seufzte entzückt, als mir das Fleisch auf der Zunge zerfiel. Definitiv war dies hier besser als jedes Nutellacroissant.

»Herrencreme«, verkündete Herbert stolz und stellte zum Nachtisch eine riesige Schüssel auf den Tisch.

»Papas Spezialität«, murmelte Aron mir zu, sein Blick lag allerdings schon auf der Schüssel, mit einem Leuchten darin, das dem eines kleinen Jungen glich, der seine Geschenke öffnen durfte. *Ich werde platzen,* dachte ich. Aber dieses Dessert konnte ich mir unmöglich entgehen lassen. Wir probierten alle gleichzeitig und ich war nicht die Einzige, die zusammenzuckte.

»Hu, die ist ... stark«, erklärte ich meine Reaktion. Hedwig warf Herbert einen strengen Blick zu, der unschuldig die Achseln hob. Aron fokussierte seinen Großvater ...

»Siehste, meen Jong'. So geht Überraschung«, schmunzelte Opa Kalle und schob sich rasch einen zweiten Löffel in den Mund.

»Du kannst doch nicht einfach die halbe Flasche Rum in den Pudding kippen, Opa Kalle«, schimpfte Hedwig erbost. »Wir können den morgigen Tag nicht alle auf dem Sofa verbringen.«

»Ich schon«, entgegnete er schmunzelnd und ich wäre fast vom Stuhl gefallen vor Lachen.

»Apropos Überraschungen«, warf Aron in diesem Moment in die Runde. Die Familie verfiel in Schweigen.

»Ich werde die meisten meiner Anteile am *Jakobi* verkaufen und nur noch die Musterstatuen zur Ansicht liefern. Dann ... habe ich mehr Zeit, hier mit anzupacken.«

Insbesondere Herbert wirkte, als wäre Aron ihm als leibhaftiger Weihnachtsengel entgegengetreten. Er stand auf, stürmte um den Tisch herum und schloss seinen Sohn in die Arme.

Es war eine intime und so innige Geste, dass ich einen Stich in meinem Herzen verspürte. Meine Eltern umarmten mich nie, in unserer Familie gab es diese Augenblicke nicht, in denen man sich nahekam. Nicht auf diese Weise.

Aron bemerkte den kurzen Stimmungswechsel auf meiner Miene, bevor ich mein Lächeln wiederfand. Es lag so viel Zuversicht und Bestärkung darin, dass ich das Thema rasch beiseiteschob.

Hedwig und Herbert stießen erneut mit ihrem Sohn an, dann auch mit mir. Opa Kalle verkündete laut: »Hol me de Deubel, hat er's doch geschafft, uns zu überraschen, der Bengel.«

Aron prostete ihm grinsend zu. »Du weißt doch, dass ich immer noch einen draufsetze, Opa.«

Es war nach Mitternacht, als wir die Tischrunde auflösten. Ein wohliges, warmes Kissen umschloss mein Herz und etwas Dusel – an dem eventuell die Herrencreme, vielleicht aber auch diverse Gläser Wein schuld waren – benebelte meine Gedanken.

»Vielen Dank für diesen wunderbaren Abend«, sagte ich zum Abschied und strahlte in die Runde. Mehr Worte fand ich gerade nicht, um auszudrücken, wie viel es mir bedeutete, zu dieser Familienfeier eingeladen worden zu sein.

»Ich bringe dich nach Hause«, sagte Aron sofort und kam mit seinen Krücken auf die Beine. Hedwig zog nur die Augenbrauen hoch und ich konnte mir dieselbe Geste nicht verkneifen.

»War mir nicht so, dass Marie hier auf dem Hof wohnt?«, warf Herbert ein.

»Was denn?«, verteidigte sich Aron. »Es ist dunkel und nass draußen. Da werde ich doch wohl achtgeben dürfen, dass meine Freundin sicher ankommt.«

»Wenn es dir um Sicherheit geht, dann solltest du mir vielleicht einfach deine Krücken ausleihen«, erwiderte ich frech und zwinkerte ihm zu.

Die Worte *meine Freundin* klangen in mir nach wie Engelsglöckchen.

»Keine Chance.« Arons Miene verriet mir, dass ich für diesen Spruch auf höchst angenehme Weise bezahlen würde.

»Ich mag sie«, befand Opa Kalle schmunzelnd. Ich bedankte mich noch einmal (war es das dritte oder vierte Mal?), bevor wir es durch die Haustür schafften. Langsam folgten wir dem kleinen Weg zu meiner zehn Meter entfernten Wohnungstür, ich leicht schwankend, Aron etwas geradliniger, allerdings nur, weil er sich auf die Krücken stützen konnte.

»Ich habe ein Geschenk für dich«, sagte Aron und ich warf einen Blick zur Seite. Sofort kam ich schon wieder aus dem Tritt. *Verfluchte Herrencreme.*

Ich starrte Aron fassungslos an.

»Ich habe keins für dich«, brach es aus mir hervor und Aron verzog in gespielter Enttäuschung das Gesicht. Wir erreichten die Wohnungstür und ich erkannte, was dort auf der Fußmatte stand ...

Es war ein aus Holz gefertigter Weihnachtsbaum, wohl entstanden aus dem Klotz, an dem ich ihn in der Werkstatt hatte arbeiten sehen.

»Ist das ... hast du daran schon gearbeitet, als ich dich in der Werkstatt gesehen habe?« *An dem Abend, als wir Hals über Kopf in den Sägespänen landeten?* Ich warf einen Blick zu Aron, der mir ansehen musste, wie sehr mich dieses Geschenk rührte.

»Gefällt er dir?«

Ich nickte nur, brachte kein Wort raus, dass dieser Figur gerecht werden würde.

Sie war hüfthoch, formte in schlichten, fließenden Linien einen Tannenbaum, abstrakt und doch irgendwie realistisch. Die glatten Formen erinnerten an schneebedeckte Zweige und riefen mir das Bild und den Geruch glitzernder Tannenwälder ins Gedächtnis.

»Du ... hast diese Figur für mich gemacht? Obwohl wir ...« *Was? Uns doch immer nur gestritten haben? Uns nicht ausstehen konnten?* All die Zeit, in der ich an ihm gezweifelt hatte und glaubte, ich würde ihm nichts bedeuten ... Aron hatte sie damit verbracht, mein Weihnachtsgeschenk anzufertigen.

»Ja.« Die Lichterketten zauberten einen warmen Hauch auf sein Gesicht.

»Wunderschön«, flüsterte ich, umfasste Arons Nacken mit beiden Händen und küsste ihn sanft, legte all die Gefühle in diesen Kuss, für die ich gerade keine Worte hatte.

»Ich ... ich weiß gar nicht, was ich sagen soll«, stotterte ich ungeschickt, aber Aron lachte nur leise, lehnte eine der Krücken an die Tür und legte den Arm um mich.

»Wenn du möchtest, hänge ich die Einhornlichterkette dran«, raunte er in mein Ohr und ich musste schon wieder lachen.

»Wenigstens würdest du dafür dieses Mal keine Leiter brauchen.«

Er pikste mich in die Taille und mir entfuhr ein Quietschen, während ich mit bebenden Fingern versuchte, die Wohnungstür aufzuschließen.

»Eigentlich bin ich sogar auf Leitern sehr standfest. Und ja, das Wortspiel war Absicht.«

Unsere Blicke trafen sich und ich war mir hundertprozentig sicher, dass er die aufflammende Hitze in meinen Augen las.

»Darf ich es dir beweisen?«

Kapitel 23

... in dem Aron meine Lichterkette für unnötig erklärt.

Tief in mir begann es zu pochen, Hitze durchströmte mich, die nichts mehr mit dem Alkohol zu tun hatte. Zur Antwort öffnete ich die Wohnungstür, ohne den Blick von Aron zu lösen.

Worte hatte ich immer noch keine.

Dieser Moment fühlte sich so anders an, als an dem Abend in der Werkstatt. Keiner von uns ließ sich irgendwelche Tricks einfallen, um den anderen in seine Nähe zu locken. Wir verloren jede Distanz, wie magnetisch zueinandergezogen gingen wir jeden Schritt gemeinsam, bis ich mit den Waden gegen meine Bettkante stieß.

»Aron«, flüsterte ich. Seine Haarspitzen leuchteten golden im Licht der Einhörner. Langsam tastete ich nach seiner Wange, der Bluterguss war endlich verheilt. Seine Augen lagen schwer auf mir.

Die zweite Krücke fiel zur Seite, als Aron meinen Rücken umfasste und mich sanft auf die Matratze bettete. In seinen Augen schimmerte dasselbe intensive Gefühl, das durch meine Adern rauschte, das mich in kleinste Bestandteile auseinandernahm und dann wieder zusammensetzte. Ein Gefühl, das jede Sorge tragen, jeden Streit beruhigen, jede Angst vertreiben und mich vor Glück über alle Wolken schweben lassen würde.

Wir ließen uns Zeit, wir sprachen nicht, brauchten keine Worte, um uns zu verstehen. Die Stille zwischen uns, nur unterbrochen vom leisen Rascheln jedes Kleidungsstücks, das wir verloren, war so viel intensiver als alles, was wir hätten sagen können. Dies war kein Sex voller Hitze, Provokation und schmutzigen Wortgefechten. Dies war Hingabe, Vereinigung, Liebe.

Wir fanden unseren Rhythmus, jeder Atemzug schoss schneller in mich hinein. Ich spürte Aron in mir, so nah bei mir, wie es nur möglich war. Wir gehörten zusammen. *Zusammen, zusammen, zusammen,* sang jede unserer Bewegungen. Hitze türmte sich in mir auf, immer höher, weiter, tiefer, füllte mich an, bis ich in eine Million Teilchen von Liebe zersprang.

Und da erinnerte ich mich an den Namen des Gefühls, das mich mit all seiner Wärme durchdrang. Es war so viel mehr als Verliebtheit. Es war nach Hause kommen.

Ich war zu Hause angekommen.

Ich war vollständig.

Ich konnte nicht sagen, wie viele Stunden wir ineinander verschlungen zwischen den weichen Decken lagen. Ich sog jede Sekunde davon auf.

Ich fürchtete nicht, dass der Moment verging. Ich war sogar sicher, dass es noch unendlich viele dieser Nächte geben würde. Und dennoch wollte ich diesen Augenblick unserer Verschmelzung heute so lange genießen, wie es irgendwie möglich war.

Alles, was ich in den letzten Wochen für mich erreicht hatte, jeder Moment, in dem ich für mich eingestanden und über mich hinausgewachsen war, verblasste ein wenig im Vergleich dazu, diese Liebe zu Aron gefunden zu haben.

Der Morgen graute, als Aron seine Stimme wieder fand.

»Ich mag diese Lichterkette. Irgendwie hat sie was.«

Ich hörte seine Worte durch seine Brust klingen, weil ich dort eingeschlafen war, das Gesicht fest an ihn geschmiegt. Er küsste meine Stirn, seine Hände malten unter der Decke kleine Kreise auf meinen nackten Rücken.

»Für mich war sie zuerst nur ein Symbol des Widerstands gegen die Ansichten meiner Familie«, gestand ich leise und nahm eine Haarsträhne von meiner Lippe.

»Deine Eltern feiern Weihnachten also gar nicht?« Umsicht sprach aus seiner Stimme.

»Nein.« Ich schluckte. »Mir bedeutet diese Zeit so viel, diese Lichter, die Magie, diese ... besondere Stimmung voller Zuversicht in der Dunkelheit der Jahreszeit. Für meine Eltern ist es anders. Sie sind sehr rational. Ich glaube nicht, dass sie mein Bedürfnis, diese Zeit zu feiern, wirklich verstehen.«

Das Kissen unter uns raschelte leise, als Aron die Schulter verlagerte, um mich fester an sich zu drücken.

»Ich habe dein Gesicht gesehen. Gestern, als Papa mich umarmt hat. Du ... hast ausgesehen, als würdest du deine Familie einerseits schmerzlich vermissen und andererseits wissen, dass es bei euch nicht so sein kann wie bei uns. Aber weißt du was? Du wirst einen Weg finden, mit deiner Familie glücklich zu werden, Marie, einen anderen vielleicht als wir, aber einen guten. Davon bin ich fest überzeugt. Weil ich niemanden kenne, der besser darin ist, neue Wege einzuschlagen.«

Ich spürte sein Lächeln in meinem Haaransatz und vergrub mein Gesicht in seiner Halsbeuge. Die Erinnerung an meine Eltern, die so anders dachten und fühlten als ich, drängte sich dumpf in mein Bewusstsein. Aber vielleicht hatte Aron recht. Wir würden nie so sein wie Lohmanns. Das bedeutete aber nicht, dass wir gar keinen gemeinsamen Weg finden würden. Die Last meiner Familiensorge fühlte sich direkt etwas leichter an.

»Ich finde übrigens, du hast recht. Gerade in dunklen Zeiten ist es wichtig, sich darauf zu besinnen, was uns zum Leuchten bringt. Und ich danke dir dafür, dass du mich daran erinnert hast.« Seine Nase strich warm und tröstend durch mein wirres Haar.

»Und was meine Familie angeht ...« Er sammelte seine Worte und ich nutzte die Gelegenheit, ihn zu unterbrechen.

»Dieser Abend mit deiner Familie war wunderschön. Ich ... fühle mich geehrt, dass ich dabei sein durfte«, murmelte ich an seiner Haut, das Gesicht noch immer an seinem Hals versteckt.

Aron schmunzelte leise.

»Ich weiß nicht, ob du gesehen hast, wie meine Mutter dich anschaut. Aber vielleicht ist dir mittlerweile aufgefallen, wie *ich* dich anschaue. Du bist bei uns immer willkommen, weil du längst Teil dieser Familie bist, Marie. Wenn du das möchtest.« Ich unterdrückte krampfhaft die Tränen, die sich in meinen Augenwinkeln sammelten. Es funktionierte nicht. Heiße Tränen liefen aus meinen Augenwinkeln an Arons Hals hinab und ich hob endlich mein Gesicht aus dem Versteck hervor, um ihn anzusehen.

»Das ... fühlt sich wundervoll an«, brachte ich heraus. »Ich bin sehr gern ein Teil dieser Familie.« Unsere Lippen fanden sich, so sanft wie Schneeflocken, voller aufrichtiger Versprechen.

»Allerdings gehört auch Opa Kalle zur Familie, also sag mir später nicht, ich hätte dich nicht gewarnt.«

Aron zuckte mit den Achseln, als müsse ich ein notwendiges Übel ertragen. Ich ließ mich rasch in die Kissen fallen, ein seltsames Geräusch zwischen Schluchzen und Lachen drang aus meinem Mund. Aron stützte sich auf, betrachtete meinen konfusen Gefühlsausbruch mit strahlenden Augen.

»Eigentlich brauchst du deine Lichterkette gar nicht«, raunte Aron in mein Ohr und seine warmen, rauen Finger strichen über die nackte Haut von meinem Bauchnabel hinauf bis zum Ansatz meiner Brüste. Sofort erwachte mein Verlangen, ihn bei mir zu spüren. Eins mit ihm zu werden, mit ihm, dessen Leben ich verändert hatte und der mich vervollständigte. Nach Hause kommen, das wollte ich. Ich würde es immer wollen.

»Du brauchst keine Lichterkette dieser Welt, Marie«, fuhr Aron leise fort. »Du leuchtest selbst heller als der gesamte Dezember.«

Kapitel 24

... in dem wir alle den Sternen etwas näher kommen.

»Ich würde ja zu gerne wissen, wie sie mit Überraschungen umgehen«, murmelte Aron an mein Ohr, während wir am Fenster meiner Küche standen und das Auto meiner Eltern beobachteten, das langsam über die Hofeinfahrt näher rollte.

»Egal, was du gerade ausheckst. Du wirst es gefälligst sein lassen.«

»Und wenn nicht?« Sein Lachen kitzelte hinter meinem Ohr.

»Wieso nur habe ich das Gefühl, dass dieses Treffen eine Katastrophe wird?«, fragte ich eher an mich selbst gewandt als an ihn.

»Keine Sorge, ich wollte dich nur etwas zum Lachen bringen. Du siehst so ... angespannt aus.« Ich antwortete nicht, er hatte ja recht.

Andererseits fand ich es völlig verständlich, nervös zu sein. Seit genau einem Jahr hatte ich jetzt nicht mehr mit meinen Eltern gesprochen.

Oder eher: sie nicht mit mir.

»Wollen die etwa mitten auf dem Hof parken?« Aron schnaubte belustigt und küsste sanft meinen Nacken.

»Du weißt doch, Mama empfindet die Welt um sie herum wie ihr persönliches Sonnensystem. Da wird sie auch für diesen Hof keine Ausnahme machen.«

»Umso besser. Je präsenter sie parkt, desto genauer kann Opa mit seiner Wasserpistole darauf zielen.«

Obwohl Aron beruhigend über meinen Bauch streichelte, krampfte sich ein gewaltiger Knoten in meiner Brust zusammen. Die Erinnerung an alles, was vor einem Jahr geschehen ist, drängte sich unerbittlich zurück in meinen Kopf. Wie ich von einem Tag auf den anderen zu Hause ausgezogen war. Wie ich mein Studium heimlich abgebrochen hatte und Kellnerin geworden war. Wie Mama wegen meines neuen, eigenen Lebenswegs gewütet hatte.

Mit der Adventszeit stand meine liebste Jahreszeit direkt vor der Tür und ich hatte schon begonnen, die Wohnung und – gemeinsam mit Hedwig, die mich zu jeder Gelegenheit ihre Schwiegertochter nannte, – den ganzen Hof zu schmücken.

Überall standen von Aron gearbeitete Holzfiguren herum, Hirsche, Tannenbäume, Sterne ... und jede von ihnen so einzigartig und verzaubernd, dass ich jedes Mal stehenbleiben und sie mir für ein paar ruhige Moment ansehen musste. Zur Freude seiner Mutter hatte Aron sogar recht klassische Krippenfiguren geschnitzt, die jetzt den Eingang zum Gemüsegarten bewachten.

Und genau dort stieg Mama aus dem Wagen, betrachtete die Marienfigur mit kritischem Blick, bevor sie um das Auto herumging.

Sie sah anders aus, überlegte ich. Blasser und vielleicht ein wenig älter.

Ein ganzes Jahr lang hatten wir uns fast gar nicht gesehen. Ich hatte durchgehalten, war nicht eingeknickt, war nicht zu Hause zu Kreuze gekrochen. Ich hatte nicht um Verzeihung gebeten, selbst wenn ich diverse Male kurz davor gestanden hatte, weil ich diese Distanz zu meinen Eltern nicht ertrug und eigentlich nie gewollt hatte.

Aber ich würde auch heute nicht einknicken. Ich würde meinen Standpunkt nicht einfach aufgeben, nur weil Mama und Papa endlich eingewilligt hatten, mich in meiner Wohnung zu besuchen. Ich atmete stockend ein, als meine Eltern sich suchend umsahen und dann mit zielstrebigen Schritten durch den Schneematsch zu meiner Wohnungstür herüberkamen.

»Sie sehen nicht danach aus, als wollten sie dir den Kopf abreißen. Oder mir«, murmelte Aron in mein Ohr.

»Wir sprechen uns später, falls du dann noch einen Mund hast«, erwiderte ich leise und wich vor dem Fenster zurück, damit sie nicht bemerkten, dass wir sie beobachtet hatten. Ich rieb mir mit den zitternden Händen über die Stirn.

Es klingelte und derselbe schräge Eulenschrei wie immer hallte durch die Wohnung. Dieses Mal schien er noch unheimlicher zu klingen als sonst. Ich rollte die Schultern, als müsste ich mich auf einen Kampf vorbereiten.

Dann öffnete ich die Tür.

Der warme Lichtschein drang aus meiner Wohnung und traf meine Eltern, die auf der Fußmatte warteten. Eine Sekunde lang starrten wir uns alle drei an, niemand sprach ein Wort, bis ich aus dem engen Zwischenraum neben der Wohnungstür zurücktrat, um ihnen Platz zu machen.

»Kommt herein.«

Sie folgten der Einladung. Trotzdem knotete sich dieses brennende Gefühl weiter um meinen Brustkorb, sodass er sich wie ein einengendes Gefängnis anfühlte.

»Das ist Aron Lohmann, wir sind seit letztem Jahr zusammen«, stellte ich vor und es klang wie auswendig gelernt. Was zugegebenermaßen auch stimmte. »Aron – meine Eltern, Sabine und Matthias Keppeler.«

Ich fasste es als gutes Zeichen auf, dass Mama und Papa sich auf ein Händeschütteln einließen. Wir setzten uns an den neuen Esstisch in der Küche, Aron und ich hatten Plätzchen gebacken und eine Kanne Kaffee gekocht.

Eigentlich wohnten wir mittlerweile zu zweit hier, zumindest wich er mir in keiner freien Minute, die nicht für seine Holzarbeiten oder meinen Kellnerjob reserviert war, von der Seite. Sein Angebot, mich heute mit meinen Eltern allein zu lassen, hatte ich sofort abgelehnt.

Es war zwar schmeichelhaft, dass Aron offensichtlich dachte, ich würde allein mit ihnen klarkommen, aber ... ich war mir dessen nicht so sicher. Jedenfalls fühlte ich mich wesentlich sicherer, wenn er bei mir blieb. Wie in einer schützenden Hütte mit Kamin, bevor der Wintersturm anrückt.

Außerdem sah ich es absolut nicht ein, Aron vor meinen Eltern zu verstecken. Gar nichts würde ich vor ihnen verstecken, keinen einzigen meiner vermeintlichen Fehler und auch nicht den Freund, den Mama zum Bauerntrampel degradiert hatte. Und trotzdem hoffte ich, dass sie mich und ihn akzeptierten.

»Schön, dass ihr hier seid«, murmelte ich, als die Stille am Esstisch unangenehm wurde. Zwischen uns flackerte eine Kerze und warf ihr warmes Licht auf meine Deko aus mehreren kleinen Hirschfiguren, die ebenfalls von Aron stammten. Mama nickte, presste aber weiter die Lippen zusammen.

»Danke für die Einladung«, antwortete Papa an ihrer Stelle. Wieder wurde es still. Plötzlich wünschte ich mir nichts sehnlicher, als dass Elena oder Onkel Georg hier wären. Den beiden fiel einfach immer etwas ein, über das man sprechen konnte.

»Ja, es ... ist schön hier«, flüsterte Mama und schluckte erneut. Man erkannte die Nervosität und das mühsam unterdrückte Gefühl in ihren Augen, ich hörte es aus jeder Silbe ihrer Worte. Sie tat mir unendlich leid. Dennoch ahnte ich, dass sie alles abstreiten würde, wenn ich sie jetzt darauf ansprach.

»Ich habe es auch geschafft, für Marie über meinen Schatten zu springen, und es hat mir nicht geschadet.«

Arons Einwurf überraschte mich und ich warf ihm einen schnellen Blick zu. Er jedoch fixierte Mama, ernst, aber nicht herablassend oder wütend.

Mamas Kiefer spannten sich besorgniserregend an, aber sie schluckte ihren Ärger hinunter.

»Wir sind tatsächlich hergekommen, Marie, um dich etwas zu fragen«, warf Papa ein. Es war erstaunlich, wie gut er Mamas Reaktionen vorausahnte und wie schnell er eingriff, um sie abzumildern.

Er sah zu Mama herüber und wartete darauf, dass sie sprach. Viel Zeit zum Beruhigen hatte sie nicht bekommen. Sie war noch blasser geworden, als sie das Wort ergriff.

»Wir ...«

Sie schluckte erneut und ich sah das leichte Zittern ihrer Lippen. Sie zögerte nicht aus Widerwillen, wurde mir klar.

»Wir würden dich gern zum Weihnachtsessen einladen. Also, euch beide selbstverständlich. Wenn es dir recht ist, Marie.«

Hätte sie nicht mit derselben klaren Präzision gesprochen wie schon immer, wäre ich sicher gewesen, mich verhört zu haben. Konnte es sein, dass sie mich vermisste? Man musste mir die Fassungslosigkeit am Gesicht ansehen, denn Mama ergriff sofort wieder das Wort.

»Das bedeutet nicht, dass wir das Haus in ein Winterwunderland verwandeln oder ab sofort als Gläubige durch die Kirchen pilgern.«

Ihre typische Schärfe klang direkt wieder durch und Papa legte ihr beschwichtigend eine Hand auf den Unterarm.

»... aber wir fänden es schön, den Abend mit euch zusammen zu verbringen«, schloss sie sanfter und ihr Blick traf mich wieder. Etwas Verunsichertes lag darin, als hätte sie Angst, ich würde nicht einmal für einen Besuch in mein Elternhaus zurückkehren wollen.

Ich nickte langsam.

»Wir würden sogar ein bisschen schmücken«, brach es aus Mama hervor und sie atmete stockend ein, überrascht von ihrer eigenen Impulsivität. »Ich weiß ja, dass du das magst.«

Ich konnte mich nicht länger zurückhalten. Schluchzend sprang ich auf und fiel Mama um den Hals. Es fühlte sich ungewohnt an. Ihre Schultern unter meinen Armen und ihr Ohr an meiner Wange waren Berührungen, die ich kaum kannte.

Aber dann legten sich ihre Hände um meinen Rücken und ich spürte den leichten Druck, mit dem sie mich an sich zog. Ich konnte nicht verhindern, dass mir die Tränen über die Wangen liefen. Alles, was Mama an Emotionalität fehlte, schien ich im dreifachen Umfang zu besitzen. Aber es kümmerte mich gerade nicht und vielleicht spielte es auch gar keine Rolle.

Mama zog ihr Taschentuch hervor, als wir uns voneinander lösten – für mich hätte ein ganzer LKW voller Tempopackungen nicht ausgereicht. Ich flüchtete also für einen längeren Moment ins Badezimmer, wusch mir drei Mal das Gesicht, bis ich mich wieder halbwegs im Griff hatte.

»... Marie genießt diese Arbeit sehr. Sie liebt ihre Chefin geradezu«, erzählte Aron gerade, als ich in die Küche zurückkehrte.

Mama und Papa hingen an seinen Lippen, nickten an passenden Stellen und verhielten sich generell wie höfliche Zuhörer, während Aron von meiner Arbeit in Sonjas *Zuckerpöttchen* erzählte. Stumm setzte ich mich dazu, froh, für einen Moment einfach nur dasitzen zu können. Der Knoten in meiner Brust lockerte sich ein wenig, als Mama keine einzige herabwürdige Bemerkung über meine Arbeit machte.

Er erzählte, wie wir uns kennengelernt hatten, von den Streitigkeiten und seiner arroganten Art. Es freute mich, dass er die Wahrheit ungeschönt und realistisch wiedergab, auch wenn Mama mehrfach irritiert die Augenbrauen hob.

»Ich war also eine Zeitlang etwas ganz anderes als dieser *Bauerntrampel,* aber glauben Sie mir, so hätten Sie mich eher weniger gemocht als mehr.«

Er zuckte die Schultern, wirkte aber nicht beleidigt, als meinen Eltern die Röte über die Wangen kroch. Offenbar erinnerten sie sich auch daran, wie sie über Aron hergezogen hatten.

»Es tut mir leid«, murmelte meine Mutter und schockierte mich bis ins Mark, weil ich diese Worte noch nie von ihr gehört hatte. »Ich hätte nicht vorschnell über dich urteilen sollen.«

»Bei *mir* müssen Sie sich nicht entschuldigen«, entgegnete Aron und vielleicht war es das erste Mal, dass ich heute etwas wie Ungeduld aus seinem Tonfall heraushörte.

Stille folgte seinen Worten und ich wäre für einen Augenblick am liebsten im Erdboden versunken. Mir fiel aber absolut nichts ein, wie ich auf diesen Vorstoß reagieren sollte, auch wenn mir klar war, dass Aron recht hatte. Unter dem Tisch griff ich nach seiner Hand und hielt mich daran fest, gewappnet gegen was auch immer als Nächstes kommen mochte.

Mamas Finger schlossen sich um die kleine, hölzerne Hirschkuh, die vor ihr auf dem Tisch stand und die Aron manchmal *Marie* nannte, um mich zu ärgern. Sie fuhren die sauber geschnitzten Konturen nach, von den Ohren bis zum Stummelschwänzchen.

»Weißt du, Marie«, murmelte Mama leise und ohne mich anzusehen, »ich wollte immer nur das Beste für dich. Ich wusste immer, dass ein erfülltes Leben manchmal schwer zu erreichen ist. Mein ganzes Leben lang wollte ich ... weiter kommen. Genau das hat mich glücklich gemacht – immer neue Ziele zu erreichen. Du kennst meine Arbeit als Astronomin. Um das Licht in der Dunkelheit zu sehen, schaue ich in Lichtjahre entfernte Welten.«

Sie lachte kurz auf und schüttelte dann mit bitterer Miene den Kopf.

»Ich habe einfach nicht erkannt, dass du für dein Licht nicht in die Ferne schauen oder nach immer höheren Zielen greifen musst. Dass du im Hier und Jetzt glücklich bist mit ... einer Lichterkette über dem Kopf.«

Sie fuhr sich noch einmal mit dem Taschentuch unter den Brillengläsern entlang.

»Ich meine das nicht abwertend, im Gegenteil. Ich habe ein paar Monate gebraucht, um mir darüber im Klaren zu sein, dass wir beide einfach sehr unterschiedliche Vorstellungen von Glück haben. Aber jetzt weiß ich, dass ich dich dafür beneidet habe, dass du klug genug bist, das Glück zu erkennen, wenn es vor deiner Nase sitzt.«

Endlich hob sie den Blick und hinter der Brille schwammen ihre grauen, rotgeäderten Augen noch immer in Tränen.

»Bitte entschuldige, Marie. Ich hätte dir nie meine eigenen Vorstellungen von Glück aufdrängen sollen. Ich bin sehr froh, dass du nicht auf mich gehört hast. Es tut mir leid.«

Ich lief noch einmal um den Tisch, um Mama zu umarmen. Dieses Mal stand sie auf und eine ganze Weile lang hielten wir uns fest und weinten uns gegenseitig die Klamotten voll. Papa strich mir beruhigend über den Rücken.

Ich umarmte ihn ebenfalls, was bestimmt seit zehn Jahren nicht mehr vorgekommen war.

»Mir tut es auch leid, Marie«, sagte er leise in mein Ohr. »Ich habe ein langes Gespräch mit Georg geführt, der dich offensichtlich so viel besser verstanden hat als wir als deine Eltern.«

Ich nickte nur, meine Stirn streifte über sein Schultergelenk. Als ich mich wieder auf meinen Platz setzte, raste mein Herz.

Es war so viel auf einmal, ich konnte gar nicht sagen, welches Gefühl mich am meisten in Aufregung versetzte. War ich gerührt oder erleichtert? Erfreut oder überfordert? Überrascht oder begeistert? Schockiert oder beruhigt? Oder alles auf einmal?

»Wir haben Kekse gebacken«, war das Erste, was über meine Lippen kam und vermutlich auch das Unpassendste, was man in einem solchen Moment sagen konnte.

Es kümmerte niemanden. Mama wirkte regelrecht erleichtert, etwas zu tun zu bekommen, als wir die Schale herumreichten.

Den Rest des Abends verbrachten wir mit unverfänglichen Themen in erstaunlich angenehmen Gesprächen. Ich wurde den Verdacht nicht los, dass Mama und Papa sich wirklich Mühe gaben. Weil ich ihnen wichtig war und sie sich endlich entschieden hatten, mir das auch zu zeigen. Bei dem Gedanken wurde mir ganz warm ums Herz. Sie baten Aron sogar, sie zu duzen.

»Es tut mir ehrlich leid, dass ich dich so heruntergeputzt und einen *Bauerntrampel* genannt habe«, wiederholte Mama später am Abend mit einem vorsichtigen Lächeln an Aron gewandt. Er winkte ab.

»Ganz so falsch ist es im eigentlichen Sinne nicht. Frag nur mal Marie, wie ich sonst hier herumlaufe. Und ihr müsstet mal hören, wie *Marie* über mich spricht. Gegenüber meiner Mutter hat sie mich letztes Jahr als *König der Schnösel* bezeichnet. Und als *Ekel*. Und erst letzte Woche hat sie *einhornhassender Flohmarktmuffel* zu mir gesagt.«

Ich verpasste ihm unter dem Tisch einen Knuff gegen den Oberschenkel, doch Aron lachte nur. »Was denn? Es waren deine Worte. Aber im Ernst, sie hatte mit jeder einzelnen Bezeichnung recht.«

Alle lachten.

»Wir kommen gern zum Weihnachtsessen zu euch«, sagte ich zum Abschied. »Danke für die Einladung.«

Mama und Papa freuten sich aufrichtig, dankten uns für den schönen Nachmittag auf den Hof und machten sich auf seltsam unspektakuläre Weise auf den Weg zu ihrem Auto.

Arons Hände legten sich von hinten um meine Taille, während mein Blick noch immer den Rücklichtern des Autos folgte.

»Ist doch bestens gelaufen«, sagte er leise und küsste mich hinter das Ohr. »Am liebsten war mir der Moment, als deine Mutter ihre eigenen Fehler eingesehen hat.«

Er klang nur ein kleines bisschen gemein.

»Ganz schön schadenfroh, du *einhornhassender Flohmarktmuffel*«, rügte ich ihn und drehte mich langsam zu ihm um.

»Ehrlich, Marie. Ich freue mich, dass deine Familie wieder zusammenfindet.«

Ich wartete nur auf den Einwand, der als nächstes kommen würde.

»Aber deshalb werde ich dich trotzdem nicht zu irgendwelchen Flohmärkten begleiten und deine Einhornsammelwut klaglos ertragen. Schlimm genug, dass die Einhörner uns jeden Abend beim Schlafen zuschauen.

Und bei allem anderen.« Er hob vielsagend die Augenbrauen.

»Ist schon okay, Aron«, erwiderte ich feixend und küsste ihn auf die Nasenspitze. »Irgendeinen Makel musst du ja haben.«

Dank

So, das war's mit dem (auf Instagram so angekündigten) »Geheimprojekt«. Ich hoffe, dir hat der Ausflug ins weihnachtliche Münsterland gefallen – ich freue mich schon sehr drauf, wenn es in wenigen Wochen wieder Wirklichkeit wird. Dann aber hoffentlich ohne ein Gefühlschaos, wie Marie es durchleben musste.

Für mich war es ein Ausflug in ein neues Genre – New Adult Romance habe ich vorher noch nie geschrieben. Gib mir gern dein Feedback! Eventuell plane ich, dieses Genre ein weiteres Mal zu besuchen – aber *psst,* alles noch geheim. Und keine Sorge, der Romantasy bleibe ich auf jeden Fall treu!

Auch dieses Mal waren wieder eine Menge wunderbarer Menschen an der Entstehung dieses Buchs beteiligt.

Wie immer geht mein erster und wichtigster Dank an meine Familie. An meinen wunderbaren, gelegentlich plattdeutsch sprechenden Mann, mit dem einfach kein Bookboyfriend mithalten kann (nein, auch nicht Rhys oder Xaden oder sonst jemand). Danke, dass du hinter mir und meinem Schreiben stehst, obwohl du immer noch *kein einziges* Buch von mir gelesen hast (böser Blick geht raus!).

Vor allem danke ich dieses Mal meinen beiden Kindern, die das Schreiben dieses Romans extrem erleichtert haben, indem sie den ganzen September über die Toniefigur mit den Weihnachtsliedern laufen ließen. Was gibt es Besseres als die »Weihnachtsbäckerei«, wenn man bei schönstem Spätsommerwetter einen Weihnachtsroman schreibt? Danke, ihr Mäuse.

Herzlicher Dank geht an meinen Lektor Michael Schober, der wieder einmal die Nadeln im Heuhaufen gefunden hat, als es an die Korrektur ging. Vor allem freue ich mich über das neue Vokabular rund um moderne Autos und deine Hinweise zu deren Funktionsweise. Puh, gut, dass du starke Nerven hast. Und ich habe wieder was gelernt!

Liebe Bookie-Community, ihr seid wunderbar. Jahrelang habe ich mich von Social Media ferngehalten, aus Angst, belächelt, beschimpft oder verletzt zu werden. Ihr zeigt mir jeden Tag, dass es bei Instagram diese eine Bubble gibt, in der jeder willkommen ist und wertgeschätzt wird, ganz egal, welche Eckdaten man so mitbringt. Danke!

Last but not least: Ich danke DIR, dass du meinen Roman gelesen hast. Das erscheint dir vielleicht nicht besonders groß oder wertvoll, aber mir bedeutet es mehr als ich sagen kann, wenn du meine Geschichten magst und deine Zeit mit ihnen verbringst.

Kommende Veröffentlichungen

von Lisa Freude

Die nächste romantisch-fantastische Trilogie erscheint ab Anfang 2025.

Der nächste New Adult Romance-Roman erscheint voraussichtlich im März 2025.

Weitere Informationen dazu findest du im Newsletter (Schreibtischpost) und bei Instagram. Schau mal hier →

Unterstützt du mich?

Wenn dir mein Roman gefallen hat, würde ich mich sehr freuen, wenn du dir kurz Zeit nimmst, um mir ein Feedback, **eine Bewertung oder eine Rezension** zu geben. Das geht in sämtlichen Onlineshops und in den sozialen Medien.

Deine Bewertung ist superwichtig für meine Arbeit, weil dein Eindruck von meinem Roman anderen Lesern Orientierung gibt. Frei nach dem Motto: Mehr Sterne = mehr Leser! **Denn ohne Leser wäre meine Arbeit nicht möglich.**

Es würde mich also ehrlich freuen, wenn du Marie und ihre Geschichte weiterempfiehlst. Wenn du das Cover in Social Media postest, darfst du mich natürlich verlinken. Ich antworte dir gern!

Neueste Infos bei Instagram unter **@autorinlisafreude** und in der Schreibtischpost. Du findest sie auf meiner Website: **www.lisafreude.de**

Ich freue mich riesig darauf, von dir zu hören!
Herzlichen Dank ❤

Printed by Amazon Italia Logistica S.r.l.
Torrazza Piemonte (TO), Italy

64930689R00136